La Donna dei Suoi Sogni

È ossessionato dalla giovane bellezza che gli ha rubato il cuore

Ashley Colem

LA DONNA DEI SUOI SOGNI

First edition. December 16, 2023.

ISBN: 979-8223032830

Written by Ashley Colem.

Also by Ashley Colem

Bien Trop Brutal

Obsede Par Elle

Limite dépassée

Amour Improbable

Kataliya, la Parfaite Élue

Le Choix Ultime d'un Seul Amour

Réveille-toi, Barbara

Sexe à Répétition

Taïna est en feu

Captive d'une Nuit Enneigée: Jusqu'à ce qu'elle apparaisse et que son âme se sente captivée

Ces Attouchements Tabous: Cette nuit-là, il a changé ma vie pour toujours

Épuisement: Sienna est peut-être jeune, mais son corps sait ce dont il a besoin

Il va l'avoir: William veut Jesse plus que tout au monde

La Femme de ses Rêves: Il est obsédé par la jeune beauté qui lui a volé son cœur

Le No 1 des Connards: Il ne cherche pas d'excuses pour ce qu'il est ou ce qu'il fait

L'étrange Mariage du Milliardaire

Maintenant... Elle est à moi pour Toujours: Je mets un bébé dans son ventre et une bague en diamant à son doigt

Piégé par elle

Tenir si Fort: Il ne savait pas qu'une obsession pouvait s'emparer de lui aussi fort

Un Alpha de Mauvais Caractère: Aucune femme n'a jamais été capable de le gérer

Un Échange Très Étrange: Le destin de Cian et de Serenity, croisés dans un lycée américain

Limite Superato

Amore Improbabile

Kataliya, la Perfetta

La Scelta Definitiva di un Singolo Amore

Sesso ripetuto

Taina è in Fiamme

Esaurimento

La Donna dei Suoi Sogni

Lo Stronzo #1

Stringere Così Forte

Martine Nicklas non stava vivendo la sua vita migliore, ma stava facendo tutto il possibile per arrivarci. Dopo che suo padre fu arrestato per appropriazione indebita, rimase senza un soldo, così prese in prestito l'auto di un amico e decise di guadagnare qualche soldo come autista. Non era il lavoro più sicuro, ma non aveva molta scelta. Non era poi così male, finché non arrivò una notte.

Dodley Colin è un maniaco del lavoro che non ha tempo per le donne. Quando la persona che gli punta in faccia una bomboletta di spray al peperoncino si scopre essere la donna dei suoi sogni, all'improvviso le cose cambiano. È ossessionato dalla giovane bellezza che gli ha rubato il cuore, ma lei sta facendo tutto il possibile per costruire le sue mura e tenerlo fuori. Peccato che abbia una mazza e sappia come usarla.

Capitolo 1

Martina

Mentre mi allungo, mi giro su un fianco e sento che comincio a cadere. Scivolo oltre il bordo del divano e mi riprendo appena prima di affrontare la pianta sul pavimento di legno lucido. Se c'è una cosa che mi manca della mia vecchia vita è un letto. È triste perché mi mancherebbero i miei genitori, ma non li rivedrò mai più a meno che non sia al telegiornale.

Mi siedo sul pavimento e sospiro. Continuo a cadere dal divano e sono abbastanza sicuro che la mia fortuna finirà e mi ritroverò con il naso sanguinante. Ma non sarà niente in confronto al modo in cui la mia vita è andata in pezzi.

I federali hanno preso d'assalto il nostro attico e hanno preso mia madre proprio mentre la porta della cella di mio padre si chiudeva di colpo. Tutto in mio padre era una farsa. È stato uno dei più grandi truffatori di tutti i tempi e ho sentito sussurri che sarebbe stato girato un film al riguardo. Evviva per me. I giornalisti usciranno allo scoperto per trovarmi e farmi domande. Rimarranno delusi nello scoprire che non sapevo nulla.

Non sono rimasta scioccata dalla notizia perché sapevo fin da piccola che anche se indossavi un abito elegante potevi comunque essere un criminale. Sei solo un delinquente che sa vestirsi bene. Se me lo chiedi, è più spaventoso della facilità con cui mio padre potrebbe scivolare in una persona e poi in un'altra. Non sono ancora sicuro di chi sia veramente.

Fortunatamente nessuno dei miei genitori mi voleva molto intorno. Se dovessi indovinare avrei sbagliato ma non l'ho mai chiesto. Era chiaro che i miei genitori si sarebbero potuti innamorare ad un certo punto, ma alla fine stavano davvero insieme solo perché ne beneficiava entrambi.

Il collegio locale era un sogno per tutti noi, anche se odiavo quel posto. Almeno lì mi sentivo lasciato solo per la maggior parte del tempo. Ho interpretato la parte mentre ero lì e ho fatto tutte le cose che mi avrebbero fatto entrare. Non mi sono mai sentito veramente di appartenere, quindi forse sono più simile a mio padre di quanto pensassi.

Quando i miei genitori furono arrestati, mi fu tolto tutto da sotto i piedi e rimasi lì da solo. Ho sempre pensato a me stesso come a un solitario, ma è stato solo quando tutti se ne sono andati che ho iniziato a capire la realtà di cosa significasse veramente. Anche se non ero vicino ai miei genitori, erano una rete di sicurezza. Un collegio non era un posto dove potevi stare se non c'era nessuno che pagava il conto.

Ho visto genitori vicini ai propri figli, ma ho visto una grande maggioranza che era come la mia. Non sapevo quale fosse il modo normale, ma ero felice di non essere vicino al mio quando tutto era stato detto e fatto. Forse ha reso più semplice raccogliere i pezzi che si sono lasciati alle spalle, ma considerando che lo sto ancora facendo, cosa ne so.

Mi strofino il sonno dagli occhi sapendo che sarà una lunga giornata. Lavoravo fino a tardi, ma ogni volta che provavo a terminare la serata, il mio avviso si attivava per farmi sapere che qualcun altro aveva bisogno di un passaggio. Per me ogni corsa significava più soldi. Sapevo che non avrei dovuto andare a prendere le persone così tardi nella zona in cui mi trovavo, ma è difficile rifiutare i soldi quando ne ho bisogno. L'unica cosa di cui non avevo mai realizzato era quanto costasse vivere.

Sono stato messo nel sistema di affidamento statale per sei mesi fino al mio diciottesimo compleanno. Della mia famiglia non è rimasto più nulla e tutti i loro beni sono stati congelati. Il governo lo tenne per cercare di ripagare qualunque danno avesse fatto mio padre.

Nessuno mi accoglierebbe perché sarei diventato NicholasNicklasla figlia contaminata di lui. La maggior parte degli amici che avevo se n'erano andati perché i loro genitori avevano detto loro di non avere niente a che fare con me. Altri avevano continuato la loro vita quando se ne erano andati per andare al college. Ho avuto fortuna quando la mia unica amica, Cara, mi ha accolto. Mi ha lasciato dormire sul suo divano e usare la sua macchina, che era il mio unico modo per guadagnarmi da vivere. Non siamo mai stati vicini a scuola, ma quando l'ho incontrata e mi ha fatto l'offerta non ho potuto rifiutare. Ero appena stato licenziato dal sistema di affidamento e non avevo idea di cosa avrei fatto dopo. Tutti quegli anni in una scuola privata di lusso non mi hanno preparato alla povertà.

Cara e io abbiamo fatto un accordo quando mi sono trasferito. Ho accettato di farle i compiti per il college e lei prenderà una parte dei miei guadagni ogni sera. In cambio posso dormire sul suo divano e usare la sua macchina gratuitamente. Che scelta ho? Sto cercando di mettere insieme abbastanza soldi per comprarmi una casa, ma questo mi lascerebbe senza macchina. Ho capito. Per fortuna non ha bisogno della macchina ed è in pausa da scuola. Ma al ritmo a cui sto andando, non sarò mai in grado di uscire da me stesso.

È come le sabbie mobili; più cerco di lottare per uscire, più velocemente affonderò. Non aiuta il fatto che io sia abbastanza sicuro che Cara mi stia facendo pagare per l'uso della sua macchina perché vuole i soldi. Penso che se la stia prendendo con il naso visto che il suo spacciatore non accetta la carta di credito di papà. Cosa posso veramente dire però? Non ho scelta ora che la mia vita è nelle mani di un cocainomane.

"Sei stato in posti peggiori", ricordo a me stesso mentre trascino il sedere sul divano.

Cara entra in casa barcollando e io guardo l'orologio per assicurarmi di averlo letto bene. Dovrebbe essere ancora addormentata, ma eccola qui con i capelli biondi disordinati, il trucco sbavato e le sue scarpe firmate in mano. Sembra un disastro sottilissimo. Sta usando qualcosa, ma non siamo abbastanza vicini perché io possa chiederglielo.

Né voglio prendere in giro chi mi tiene un tetto sopra la testa e un lavoro nelle mie mani.

"Ehi," dico schiarendomi la voce.

"Non giudicarmi; almeno mi sto scopando." Mi supera e va nella sua stanza e sbatte la porta dietro di sé.

Che diavolo era quello? Sospiro mentre mi alzo per chiudere la porta d'ingresso che lei ha lasciato spalancata. Devo uscire di qui prima che si svegli dal pisolino. Si alzerà e ricomincerà da capo quello che ha fatto la notte scorsa.

Quando provo a chiudere la porta, una mano la sbatte contro per impedirle di muoversi. Alzo lo sguardo verso Lance, il fratello maggiore di Cara. Dio, non credo di averlo visto da quando si è laureato. Aveva qualche anno più di noi ed era andato al college dopo che avevo iniziato. Tutte le matricole della mia classe erano felici di vederlo andare via. Era un idiota arrogante che faceva il prepotente con tutti. Purtroppo, la maggior parte degli altri ragazzi hanno finito per fare la stessa cosa quando siamo cresciuti. È pazzesco come le persone possano trasformarsi nella persona che odiano, ma ho promesso a me stesso che non diventerò lo stesso.

"Martina?" dice mentre mi guarda. Probabilmente ricorda il mio nome solo perché i miei genitori sono stati arrestati e non perché si ricorda dello scarno bambino di prima media che chiamava "cosce di gallina". "Certo che sei cresciuto." I suoi occhi si muovono dappertutto e devo lottare per non agitarmi.

"Grazie", rispondo, perché non so cos'altro dire al suo commento. Non posso restituirlo perché non c'è niente di carino da dire su Lance. "Cara sta dormendo", gli dico, sperando che se ne vada e torni più tardi. Più tardi mentre non ci sono.

"Sì, pensavo di averla vista fare la passeggiata della vergogna." Mi supera, entrando.

Faccio un salto indietro in modo che il suo corpo non tocchi il mio e con riluttanza chiudo la porta. Non andrà da nessuna parte e non posso cacciarlo. Lance si lascia cadere sul divano e si mette a suo agio sul mio letto. Lancio un'occhiata alla borsa che ha lasciato cadere mentre entrava e noto che è più grande di uno zaino. Prego che non sia quello che penso che sia. Onestamente mi ero dimenticato del fratello di Cara e lei non ne parla mai. Non può essere qui per restare, e perché dovrebbe volerlo? Sono sicura che possa permettersi un albergo o qualcosa del genere, e lui e Cara non sono vicini.

La casa di Cara è carina e abbastanza spaziosa per essere in città, ma non è possibile che tre persone possano stare qui. Oltre a ciò, sono abbastanza sicuro che i genitori di Cara non sarebbero felici se sapessero l'accordo che abbiamo preso io e lei. Probabilmente erano sulla lista dei genitori che hanno detto ai loro figli di starmi lontano. Anche mio padre potrebbe aver rubato milioni a loro, per quanto ne so. Ho cercato di stare il più lontano possibile da quel cerchio, ma eccomi qui proprio nel mezzo della situazione.

Cara esce dalla sua stanza pochi istanti dopo. Sembra che si sia ripulita un po', ma quando si rende conto che suo fratello è sul divano comincia ad accigliarsi di nuovo.

"Cosa stai facendo qui?" gli chiede mentre si prepara il caffè. Deve aver saltato il pisolino. La guardo, notando che il suo passo è più vantaggioso di quello che aveva qualche minuto fa. "Dovresti restare con i genitori", gli ricorda.

«Stanno facendo rifare i maledetti pavimenti. Si sono dimenticati della pausa invernale.

Cara alza gli occhi al cielo, per nulla scioccata. "Che ne dici di un albergo?" lei taglia, e sembra che neanche lei lo voglia qui. Ho vissuto con i ragazzi quando ero in affidamento e non è qualcosa che vorrei fare mai più.

"Dai. Sono solo pochi giorni." Lo dice con un sorriso canzonatorio mentre ignora i suoi accenni non così sottili.

"Va bene, prendi la stanza degli ospiti. È un disastro, quindi dovrai pulirlo. Mette le mani sui fianchi come se fosse pronta a litigare con lui. Potrebbero essere arrabbiati l'uno con l'altro, ma c'è ancora questo amore di fondo. Lo vedo dal modo in cui si guardano. "Solo due notti."

Forse potrei dormire in macchina per quelle due notti. C'è qualcosa in Lance che mi ha sempre scosso.

"Vedremo quanto tempo dureranno i pavimenti", dice Lance prima di voltarsi per farmi l'occhiolino.

Sarà meglio che non provi a prendere il divano. Cara ha una seconda camera da letto, ma è così piccola che mi spaventa. Ero in affidamento solo da sei mesi, ma mi ha rovinato con spazi ristretti.

"E lasciala in pace", sbotta Cara a Lance.

"Mamma e papà sanno che è qui?" lui le ribatte. Oh cavolo, mi farà cacciare di qui.

«Non fare questo gioco con me, Lance. So dove sono sepolti i vostri corpi. Quel fantastico college in cui stai per diplomarti non ti ha insegnato qualcosa? Non entrare mai in una battaglia che sai che perderai. Lei lo guarda duramente e lui non le dice altro. Deve avere della bella merda su di lui.

Cara prende il caffè e torna nella sua stanza, lasciandomi sola con suo fratello.

"Allora, hai impegni oggi?" lui chiede.

"Ho del lavoro, il che significa che devo darmi una mossa."

Prendo la borsa e vado in bagno. Sto ancora discutendo se dovrei dormire in macchina stanotte. Sbadiglio, sapendo che dovrò pensarci più tardi. Vedo già la mia app di lavoro prendere vita con persone che hanno bisogno di passaggi intorno a me. Non c'è tempo per prepararsi.

Mi cambio velocemente prima di andare in soggiorno e lasciare la borsa in un angolo. Lance mi osserva tutto il tempo e mi fa accapponare la pelle. Ho imparato a fidarmi del mio istinto perché da quello che ho passato so che ci sono predatori ovunque.

"Sono fuori", gli dico, e Lance mi squadra come se fossi pazzo.

Indosso jeans e una felpa ampia. Mi sono persino raccolto i capelli in un cappello, cercando di sembrare più un ragazzo. È più facile così con alcuni dei pazzi a cui ho dato un passaggio.

"Come quello?" Alza un sopracciglio in segno di giudizio.

Come riesca a controllarmi guardandomi come se fossi uno sciatto, non ne ho idea, ma riesce a farcela. Chissà se l'ha imparato nel suo fantastico college.

"Credimi, dove sto andando a nessuno importa cosa indosso", gli dico mentre apro la porta d'ingresso.

"Hai sentito tua madre?" La sua domanda mi sconvolge. Pensavo di esserci ormai abituato, eppure menzionare mia madre mi fa sempre questo effetto.

"No", gli dico prima di chiudere la porta dietro di me. "Non le importa più di me", mormoro tra me e me mentre esco al freddo.

capitolo 2

Dodley

Mi tolgo le cuffie e le appoggio sulla scrivania accanto a me mentre scrivo i miei appunti. Sono io quello che ha l'ultima parola in teatro e voglio assicurarmi che tutto sia perfetto. La mia azienda è nota per essere meticolosa, ma è soprattutto perché lo sono io.

"Certo che ci sono dei cambiamenti", dice Simon accanto a me. Sento la stanchezza nella sua voce, ma so che c'è la luce alla fine del tunnel.

"Solo alcuni", dico mentre continuo a scrivere.

Colin L'intrattenimento è il mio tesoro. In realtà, è più simile al mio amante esigente con tutto il tempo che richiede. La compagnia che ho costruito da zero fa molte cose, ma ha un obiettivo principale: creare i migliori teatri del mondo.

Possiamo costruire da zero un teatro che possa essere utilizzato per spettacoli o concerti. Possiamo anche restaurare edifici storici utilizzati per spettacoli e film. Amo quello che faccio ed è molto divertente, ma c'è sempre del lavoro da fare. Questo teatro è quasi completo e non vedo l'ora di vederlo tutto prendere forma.

"Stai ancora scrivendo." Simon si sporge sopra la mia spalla e mi sposto in modo che non possa vedere il mio schermo.

"Te lo manderò quando avrò finito."

«Va bene, ma mi aspetto che tu porti le ciambelle domattina. Starò qui tutta la notte." Sospira drammaticamente mentre cade sulla sedia.

Chiudo il portatile e lo metto nella borsa a tracolla mentre scuoto la testa. "No, non lo sei, e non osare dire a Dean che sono io il motivo per cui lavori fino a tardi." Simon è un maniaco del lavoro ma cerca di attribuirmelo. "Gli scriverò che ti ho mandato a casa ma non te ne andresti."

"Non oseresti." Simon si siede e si mette una mano sul petto. "Fa male,Dodley. Come hai potuto?"

Sorrido e alzo gli occhi al cielo mentre prendo la mia roba. "Non vedo l'ora di ascoltarla", dico, guardando fuori dalla cabina di amplificazione e verso il palco. "Sarà magnifica."

"Ti dispiacerebbe dirmi perché non abbiamo un progetto in programma dopo che questo sarà finito?" Simon stringe gli occhi verso di me. Abbiamo lavorato insieme abbastanza a lungo da fargli capire che sta succedendo qualcosa.

"Non so di cosa stai parlando." Evito il suo sguardo e cerco le chiavi.

"Bugiardo." Mi tende le chiavi, ma quando vado a prenderle le riprende. "Dimmi che non è a causa di Dean."

Voglio fare il finto tonto, ma Simon è il mio braccio destro e non c'è modo che non riesca a capirlo. "Potrebbe averti detto che hai bisogno di prenderti un po' di tempo libero."

"Lo sapevo."

"Gli manchi a casa e, da quanto ricordo, andiamo avanti senza sosta. Penso che sarà positivo per entrambi prenderci una pausa per un po'". Non dico che il marito di Simon ha in programma una vacanza europea per loro due e che praticamente ha minacciato di togliermi la vita se avessi prenotato un altro progetto.

"Amo quello che faccio. Glielo ho spiegato."

Do una pacca sulla spalla a Simon e lui mi consegna le chiavi. "Non c'è bisogno di scegliere. Devi solo trovare un equilibrio. Annuisce mentre mi dirigo verso la porta. "Apporta le modifiche e siamo a posto. Sarò qui domani per eseguire i test".

"Ci vediamo allora", dice, e lo saluto mentre esco.

Il teatro che stiamo ristrutturando è uno dei più antichi della città. È stato utilizzato per molte cose, ma originariamente era stato realizzato per essere un music hall. La società di conservazione storica della città è intervenuta e ci ha incaricato di riportarla in vita. Il quartiere non è dei migliori in questo momento, ma sperano che questo posto possa cambiare la situazione. Parte dell'area si sta trasformando e questa sarà una grande aggiunta alla comunità. È stato uno dei miei progetti preferiti in assoluto e sono un po' triste nel vederlo giunto al termine.

Sicuramente non è perché non ho niente che mi aspetta a casa. Faccio un rapido calcolo di quello che ho in frigo per cena e so che devo fermarmi a fare la spesa mentre torno a casa. Normalmente non tengo nulla lì, ma con la pausa imminente trascorrerò molto tempo nel mio attico.

Quando arrivo al marciapiede, apro l'app sul mio telefono per richiedere un servizio auto. Qualche anno fa ho provato ad avere un autista, ma passavo così tante ore al lavoro che era uno spreco. Di solito vado dal posto in cui lavoro al mio attico e basta, quindi l'autista non deve fare nulla. Potrei prendere un taxi, ma devo fare almeno una fermata e preferisco avere qualcuno che mi aspetta piuttosto che dover fermare qualcuno in ogni posto. La maggior parte delle volte posso dare loro qualche soldo extra e loro rimarranno lì mentre ottengo ciò di cui ho bisogno.

L'app suona e mi dice che il mio autista sarà qui tra tre minuti. Abbasso lo sguardo verso la foto e l'auto, ma la foto è così scura che è difficile capire che aspetto abbiano. Mi metto il telefono in tasca e mi guardo intorno alla ricerca di una Mercedes color argento. Immagino che andare in giro e andare a prendere la gente paghi bene.

Divento impaziente quando passano cinque minuti e ancora non si vedono da nessuna parte. Non ho visto passare un solo taxi e, per quanto non voglia prenderne uno, odio ancora di più aspettare. Prendo il telefono e guardo la mappa. È allora che vedo che l'autista ha preso la svolta sbagliata. Sono irritato mentre li guardo percorrere una strada laterale che non è nemmeno vicino a me e poi il mio telefono inizia a squillare.

"Fantastico", mormoro mentre rispondo. "Sì, sto aspettando fuori dal Village Theatre. Hai intenzione di venire qui presto?" Abbaio prima che l'autista possa parlare.

C'è silenzio al telefono prima che suoni e dica che il mio autista è qui. Non so come abbiano fatto a farlo così in fretta dopo aver preso la svolta sbagliata, ma non importa. Riattacco il telefono senza preoccuparmi di dire altro e faccio un passo verso il marciapiede. La Mercedes si ferma dolcemente, apro la portiera posteriore ed entro.

"Scusa, è davvero tardi e sono solo arrabbiato. Puoi portarmi al Midtown Grocer e aspettare? Ti aggiungo venti dollari se ti siedi mentre faccio acquisti." Ho già la mia prima destinazione sulla mappa e quando l'autista si allontana dal marciapiede, quella è la direzione in cui sta andando.

Poiché non dicono nulla, finalmente alzo lo sguardo dal telefono e vedo un giovane al posto di guida con il cappello abbassato. Non so dire se sia un maschio o una femmina, ma non sembrano abbastanza grandi per guidare. Un bambino non dovrebbe trovarsi in questa parte della città a quest'ora della notte.

"Sì", sento un suono ovattato da davanti, ma loro non si voltano.

Ora sono convinto che sia un ragazzino che probabilmente ha rubato l'auto dei genitori. Che diavolo sta succedendo?

"Ehi, ragazzo, sei abbastanza grande per guidare?" Mi chino in avanti e loro si accartocciano un po' sul sedile. "Ehi, sto parlando con te", dico più forte, ma loro si allontanano di nuovo e vanno contro la porta. L'auto sterza leggermente e comincio a farmi prendere dal panico. "Che cavolo..."

Allungo la mano e afferro il bambino per la spalla, e all'improvviso l'auto si riempie di un urlo così forte che mi fa male alle orecchie.

"Merda," impreco mentre l'auto sterza di nuovo e vengo sbattuto contro la portiera.

Il cappello si è tolto e cadono lunghi capelli biondo sabbia. La giovane donna si guarda alle spalle con occhi spalancati in preda al panico mentre l'auto si ferma. "Ho lo spray al peperoncino, non muoverti."

Abbasso lo sguardo e vedo lo spray nella sua mano e il suo dito sul pulsante. Tendo le mani con i palmi rivolti verso l'alto e cerco di essere il più calmo possibile. "Wow, facile. Non ti farò del male."

"Non ho soldi", dice mentre guarda verso la console accanto a lei.

Non sono un detective, ma direi che ha appena rinunciato a dove tiene i suoi soldi. "Non voglio i tuoi soldi. Mi dispiace, pensavo fossi un ragazzino."

Le sue sopracciglia si uniscono confuse e non credo che mi creda. "Come ti chiami?" chiedo, e aspetto un attimo prima che lei finalmente mi risponda.

"Martine", dice, ma sembra ancora spaventata.

«Va bene, Martine. Io sonoDodley. Te lo giuro, sulla vittoria degli Eagles in un altro Super Bowl, che non ti farò del male. Ma se premi il pulsante dello spray al peperoncino in questa macchina, non solo mi accecherà, ma prenderai anche tu".

Mi guarda scettica e non oso muovere un muscolo. Anche se mi urlano di raggiungerla.

"Non ti hanno insegnato la sicurezza con quella cosa? Non puoi spruzzarlo in uno spazio ristretto. Finirai per prendertelo negli occhi e poi saremo fottuti entrambi.

"L'ho appena preso online", dice, ora guardandosi la mano e diventando sempre più spaventata.

"Forse basterà sfogliare le istruzioni più tardi. Non sono una minaccia, Martine. Onestamente pensavo solo che un bambino avesse rubato l'auto dei genitori e la stesse guidando in giro.

"E si dà il caso che raccolgano persone per soldi?" È di nuovo incazzata, ma abbassa un po' lo spray al peperoncino.

"Vedo che dirlo ad alta voce sembra ridicolo, ma in realtà voglio solo andare a fare la spesa per prendere qualcosa da mangiare e poi sdraiarmi sul mio letto. È tardi e non ci saranno taxi in giro per un po'. Eri l'unico guidatore nella zona, quindi la mia opzione è quella di camminare e sono poco più di quindici miglia." Lentamente infilo la mano nella giacca e tiro fuori il fermasoldi. Tiro fuori una banconota da cento dollari e gliela porgo. "Per favore, sono disperato."

Lei stringe gli occhi ma me lo strappa di mano prima che possa battere le palpebre. "Finché tieni le mani a posto."

Tiro un sospiro di sollievo mentre mi rilasso sul sedile in pelle e lei riprende a guidare. I miei occhi non la lasciano mentre lei mi osserva con sospetto dallo specchietto retrovisore.

capitolo 3

Dannazione, avrei dovuto leggere quelle indicazioni con più attenzione. E se avesse torto e questo fosse il suo modo di ingannarmi? Guardo di nuovo i suoi luminosi occhi azzurri e anche nel buio brillano. È così grosso che occupa gran parte del sedile posteriore e non avrei avuto modo di respingerlo.

Il GPS mi emette un segnale acustico e lo ignoro. Lo faccio da abbastanza tempo da conoscere le strade migliori da prendere e dove arrivare più velocemente. Sono sempre molto nervoso quando vado a prendere i ragazzi a quest'ora della notte e non so mai se un serial killer riuscirà a entrare.

Dodley non sembra il tipo, però, ma come faccio a saperlo davvero? Ricordo solo che Ted Bundy era una volpe ai suoi tempi e nessuno sospettava di lui.Dodley ha i capelli scuri e ondulati e l'ombra delle cinque, ma ha senso perché è notte fonda. Indossa un maglione pesante e un cappotto, ma posso ancora dire che il suo corpo è muscoloso sotto, e anche se mi ha spaventato a morte, è stupendo dalla testa ai piedi. Per non parlare del suo sorriso che mi fa dimenticare dove stiamo andando.

"Hai detto Negozio di alimentari a Midtown, vero?" chiedo, e lui annuisce.

"Sì, devo solo correre a prendere un po' di roba. Sto morendo di fame e ho mangiato fast food nell'ultimo mese. Non posso farlo di nuovo. Sei sicuro di poter aspettare?"

Annuisco e poi mi rendo conto che potrebbe essere troppo buio perché lui possa vederlo. "Sì, va bene." La zona della città non è male, ma è comunque un parcheggio nel cuore della notte. Dio, spero che questo ragazzo sia un compratore veloce. Potrei andarmene non appena esce e prendere i suoi soldi. Anche se potrebbe denunciarmi all'azienda e correrei il rischio di perdere il lavoro.

"Non è proprio sicuro per una donna come te rimorchiare degli sconosciuti di notte," dice, e sento che mi si rizzano i peli del pelo.

"Una donna come me?" Lo guardo dallo specchietto retrovisore, ma non sembra turbato.

"Volevo solo dire quanto sei piccolo."

Osservo i suoi occhi abbassarsi e mi muovo un po' sulla sedia. Mi rendo conto che non provo la stessa repulsione che ho provato oggi quando Lance mi ha fatto questo e mi chiedo perché ora sia diverso. Forse è perché non conosco questo ragazzo e Lance è uno stronzo.

«E poi questo quartiere non è un granché. Lo sarà, ma questo non è un posto adatto a una donna sola di notte."

"Come fai a sapere che sarà?" È così sicuro di sé e non so perché sento il bisogno di sfidarlo.

"Perché sto aiutando a farlo." Alza le spalle come se non fosse un grosso problema mentre entro nel parcheggio.

Il posto è vuoto, a parte un'altra o due macchine, e non c'è molta luce qui fuori. Parcheggio il più vicino possibile, ma è comunque molto lontano dall'ingresso e mi guarderò intorno in modo paranoico per tutto il tempo.

"Vieni dentro e fai shopping con me", dice mentre va ad aprire la porta.

"Vuoi che vada a fare la spesa con te?" chiedo, voltandomi verso di lui.

"Sì, non dovresti essere qui da solo. Vieni a farmi compagnia mentre compro la pizza surgelata. Scende senza aspettare la mia risposta e si avvicina al lato del conducente. Apre la porta e gli tende la mano. "E poi dentro hanno la cioccolata calda."

"Sono più una ragazza da caffè", dico mentre esco senza prendergli la mano o toccarlo. Perché questo tizio è così dannatamente affascinante?

"Ecco perché sei così basso."

Quando guardo oltre, il suo sorriso da megawatt è sufficiente perché questo parcheggio non abbia bisogno di nient'altro per illuminarlo.

"Immagino che tu fossi nutrito con mais." Faccio finta di guardarlo dall'alto in basso e giuro che riesco quasi a vedere il rossore sulle sue guance. Quest'uomo non solo è grosso, ma non sa quanto sia dannatamente carino.

"Vengo dal Midwest e mi piace il mais." Quando attraversiamo le porte automatiche, prende un carrello e lo spinge verso il bar situato all'interno. È tardi, ma c'è ancora qualcuno dietro il bancone. "Prenderò una cioccolata calda e qualunque cosa gradisca la signora."

"Lo stesso," mormoro.

"Con marshmallow extra", dice al ragazzo mentre tira fuori dei soldi.

È così gentile con il barista e io li guardo scambiarsi qualche parola. Lascia anche una bella mancia nel barattolo che non mi perdo mentre cammino fino alla fine per aspettare i nostri drink. Per la prima volta abbasso lo sguardo sulle sue mani e mi sento sollevata quando non vedo un anello. Non so nemmeno perché mi prendo la briga di guardare perché non ha importanza.

Dodley si avvicina al punto in cui mi trovo mentre ci passiamo i drink e poi portiamo con noi il carrello mentre percorriamo i corridoi del cibo.

"Mi sento già meglio", dice, guardandomi e bevendo un drink. "Allora, qual è il tuo piacere colpevole a tarda notte?"

Lo guardo mentre prende una scatola di Oreo con doppia imbottitura dallo scaffale e li mette nel carrello. Sono i miei preferiti in assoluto, ma non ho intenzione di ammetterlo.

"Non lo so. Dipende dal mio umore," dico, fingendo di essere disinvolto. Cosa c'è di sbagliato in me? Perché mi interessa cosa pensa questo ragazzo?

"Beh, pensavo che fosse una domanda facile. Immagino che allora andremo direttamente al sodo." Immediatamente divento ansioso per quello che potrebbe chiedermi. "Bianco o grano?" chiede, mostrando due pagnotte di pane.

Mi mordo il labbro per trattenermi dal ridere mentre scuoto la testa e indico il bianco. Sono come un bambino dell'asilo quando si tratta di cibo. Amo solo le cose che sono terribili per me.

"Ah, capisco. Tu sei uno di quelli." Strizza l'occhio mentre mette il pane nel carretto.

"Uno di cosa?" Faccio finta di offendermi mentre lui prende le patatine.

"Non ne ho idea, mi piace solo sentirti parlare. Sembra che tu risponda quando ti faccio arrabbiare.

Devo piegare il mento in modo che non veda il rossore sulle mie guance. Chi diavolo è questo tizio?

"Allora da quanto tempo rimorchi gli sconosciuti e poi li minacci con spray al peperoncino?" Dio, potrebbe essere più bello? Ha una dannata fossetta su un lato quando sorride.

"Lo faccio ormai da qualche mese, ma sei fortunato. Sei stato il primo che ho dovuto minacciare."

"Mi piace essere il tuo primo." La sua voce profonda è fin troppo esperta e devo girarmi e fingere di leggere le etichette sulle scatolette di tonno per non farmi vedere in faccia.

Non può assolutamente sapere che sono vergine. Giusto? Oh Dio, voglio che un buco nel terreno si apra e mi inghiottisca. È chiedere troppo?

"Ti piace?" chiede mentre ci spostiamo nella navata successiva.

"Onestamente?" dico, e lui si ferma.

"Sì, mi piacerebbe che tu fossi onesto con me."

"Sono un sacco di ore e vanno bene i soldi. Ma sto cercando di capire cosa fare dopo". È la prima volta che lo dico ad alta voce ed è spaventoso quanto lo è nella mia testa. Non ho idea di cosa sto facendo o cosa mi riserva il futuro, ma devo fare qualcosa presto.

"Sembra che tu abbia la testa sulle spalle." Sorride come se avesse un segreto. "Voglio dire, a parte non leggere le istruzioni su un'arma."

"Non puoi lasciarlo andare, vero?" dico scherzosamente, e lui smette di spingere il carrello per girarsi e guardarmi.

"Ora perché mai dovrei lasciarti andare?"

Si allunga e per un secondo penso che mi attirerà a sé. Invece la sua mano si alza e mi sfiora appena lo zigomo prima di tirarlo indietro.

"Esprimi un desiderio", dice, tenendo una ciglia tra le dita.

È così sciocco, ma lo facevo sempre da bambina. Vorrei cose stupide come un pony o un unicorno. Non lo faccio da così tanto tempo, ma c'è qualcosa in questo momento che mi fa sentire davvero bene. Ed è da molto tempo che non mi diverto.

Chiudendo gli occhi, penso a ciò che il mio cuore desidera di più al mondo e mi concentro. Quando ho in mente il mio desiderio, annuisco e apro gli occhi.Dodley si è avvicinato ed è proprio di fronte a me mentre sostiene il mio desiderio.

"Devi soffiare", dice piano.

Lo guardo e il suo profumo di sapone fresco e alberi invade i miei sensi. Ungo le labbra e faccio come mi chiede e le ciglia volano via. Restiamo entrambi lì, avvicinandoci sempre di più finché all'improvviso non si accende l'altoparlante che annuncia la chiusura del negozio.

"Immagino che faresti meglio a finire la spesa", dico, facendo un passo indietro e cercando di riprendere fiato. Che diavolo è successo?

"Sì, immagino di sì. Altrimenti potrei morire di fame".

Guarda la mia bocca mentre lo dice, ma gira l'angolo e percorre un'altra corsia. È la mia immaginazione o sta succedendo qualcosa di più qui? Penso che la privazione del sonno mi stia giocando brutti scherzi. Devo riposarmi un po' o divento matto.

capitolo 4

Dodley

Dio, è bellissima. La guardo mentre fissa l'esposizione delle caramelle e la cassiera esamina la mia spesa. Quando la sua lingua rosa fa capolino, mi avvicino e sfioro di proposito il mio braccio contro il suo. Non si stacca da me mentre afferro la barretta di cioccolato che ha tenuto d'occhio per tutto il tempo.

"Per il viaggio in macchina", dico, e lei scuote la testa e i suoi capelli biondi ricadono su una spalla.

Ha qualcosa da dire, ma non ho intenzione di informarla. Non quando posso sfruttarlo a mio vantaggio. Quando vuole qualcosa, si lecca l'angolo delle labbra. L'ho notato ogni volta che vedeva qualcosa che voleva. Lo prenderei e poi la guarderei lottare contro un sorriso. O nascondere il suo rossore quando mi avvicinerei troppo.

È nervosa, ma io non sono il tipo che si tira indietro davanti a una sfida. Non ho mai inseguito una ragazza prima e ho la sensazione che avrò bisogno di imparare come farlo.

Come potevo pensare che fosse una ragazzina quando sono salito sul sedile posteriore? Adesso sto qui a guardarla ed è tutta una donna. Respiro profondamente e il suo dolce profumo zuccherino alimenta una nuova fame che non avevo mai provato prima.

"Condividerai?" chiede, inclinando la testa all'indietro per guardarmi.

È troppo piccola per girovagare tutta sola la sera tardi. Non mi interessa se vive a PleasantColin, ha la tentazione scritta addosso e non lo sa nemmeno. Certo, sa che deve stare attenta, ma non credo che capisca come far emergere qualcosa in un uomo che lo fa dubitare di cosa farebbe per avvicinarsi a lei.

Non capisco come faccia a svolgere il suo lavoro da mesi e nessuno abbia provato a rivendicarla. Forse non l'hanno vista bene come ho fatto io, o forse non è single.

Quale idiota del ragazzo le lascerebbe girare per le strade a tarda notte facendo entrare uomini sconosciuti nella sua macchina? No, qualunque uomo avesse permesso che ciò accadesse non la meritava.

"Okay, va bene, non devi", ride, e mi rendo conto che sto stringendo la mascella perché sto pensando a lei con qualcuno oltre a me.

"Condividerò." Mi avvicino ancora un po' e lei non si allontana. "Ma solo con te", aggiungo prima di posizionare la barretta di cioccolato sul bancone della cassa.

Mi rilasso e cerco di non concentrarmi su qualcosa che mi farà solo incazzare. Aveva appena cominciato a rilassarsi e non voglio rovinare tutto. Sto ancora cercando di capire cosa mi sta succedendo. Se Simon fosse qui riderebbe a crepapelle. Non ho idea di cosa sto facendo, ma sono concentrato nel mantenerla calma.

Fa capolino la lingua e mi chiedo se sia per me o se stia pensando di nuovo alla barretta di cioccolato. Ad ogni modo, lo prendo.

«È tutto, signore?» chiede la cassiera.

"Questo dovrebbe trattenerci per ora." Tiro fuori la mia carta e la faccio scorrere nella macchinetta. "Non credi?" Rivolgo lo sguardo a Martine, chiedendole la sua attenzione. Cosa mi sta succedendo?

"Sì, penso che tu sia bravo." Scuote la testa come se fossi ridicolo, e lo sono.

Metto la spesa nel carrello e la spingo verso la macchina. Lei apre il bagagliaio e io li carico prima di riprendere il carrello. Quando arrivo alla macchina, lei è già dentro con la macchina accesa. Questa volta non salgo dietro e mi siedo invece sul sedile del passeggero. Lei mi guarda per un attimo sorpresa ma non dice niente.

"È qui che stiamo andando?" chiede mentre infila il cellulare nel supporto sul cruscotto.

"Casa dolce casa", confermo, appoggiandomi allo schienale per poterla guardare.

Faccio conversazioni facili con lei mentre guida perché voglio sentirla parlare. Ma più ci avviciniamo a casa mia, più il panico inizia a invadermi. Mi rendo conto che prima sarò lì, prima se ne andrà. Ho la sensazione che non accetterà di uscire con me così facilmente e devo concludere l'accordo.

Prendo il cellulare e scorro fino alle chiamate precedenti. Salvo immediatamente il suo numero, così almeno ho quello. Non è abbastanza, quindi mando un messaggio al mio portiere Jim e chiedo un piccolo favore. Quando risponde metto via il telefono e torno a prestarle tutta la mia attenzione.

Quando apro la barretta di cioccolato, gliene spezzo una parte e gliela porgo.

"Va bene, non devi farlo." Lancia un'occhiata al pezzo di cioccolato e poi di nuovo alla strada.

"Se non lo fai, ferirai i miei sentimenti."

Lei mi sorride e alza leggermente gli occhi al cielo, ma allunga la mano e me lo prende. Mangia tutto il pezzo in una volta e poi emette un piccolo ronzio. Devo distogliere lo sguardo perché è quasi erotico e devo concentrarmi. Altrimenti la guarderò come un cane mentre guida.

Gliene offro un altro e questa volta non si oppone. Quando mastica, emette di nuovo il suono e io combatto il mio gemito. Perché sembra che stia scivolando sul mio cazzo?

"Hai fame," dico distrattamente mentre mi schiarisco la voce e le porgo un altro pezzo.

"Vivrò", dice mentre mastica, e mi chiedo quanto spesso resti senza mangiare.

"Vieni a casa con me", sbotta. Lei mi guarda scettica. "Lascia che ti offra la cena", aggiungo velocemente.

Mi chiedo se posso impedirle di tornare fuori stasera? È già così tardi e ho paura che vada a prendere qualcun altro.

"Non dovrei." Guardo la sua lingua che tocca il lato della bocca ed è il segno che lo vuole.

"Dovrai comunque aiutarmi a portare su tutta questa roba." Faccio cenno al bagagliaio dell'auto. "Mi assicurerò di darti la mancia per l'aiuto", aggiungo per cercare di darle un motivo per dire di sì.

È ovvio che ha bisogno di soldi se fa questo lavoro, e ho visto con quanta rapidità ha preso i soldi dalle mie mani. Sapere che ha bisogno di qualcosa è un'altra cosa che posso aggiungere al mucchio di "non mi importa". L'elenco sta crescendo rapidamente, ma per fortuna mi è sempre piaciuto spuntarli. Sbarazzarsi di un ragazzo, controlla. Assicurati che abbia ciò di cui ha bisogno, controlla. Come tutte le cose nella vita, il mio cervello sta già avendo idee su come portare a termine queste cose.

"Ho condiviso la mia barretta di cioccolato con te." Sollevo l'involucro vuoto.

"Oh mio Dio, ho mangiato tutto."

Lei trattiene una risata, ma le esce fuori e il suono riempie l'auto. Quando sbuffa, si copre la bocca con la mano e ridacchia di più. Devo stringere le mani per trattenermi dal raggiungerla e provocare un naufragio. Perché è così dannatamente carina?

"Immagino che sia il minimo che potrei fare dopo aver mangiato tutto", dice e poi mi sorride.

Ma appena arriviamo all'edificio, vedo il suo disagio ritornare.

Capitolo 5

Martina

Merda. Non avevo davvero pensato a dove fossimo diretti finché non ci siamo fermatiDodleyl'edificio. È il posto più carino nella parte più bella della città. La mia risata si spegne e provo una debole traccia di rimorso nell'offrirmi di aiutarlo. Ma ho bisogno di soldi: cos'altro avrei dovuto fare?

Volevo dire di sì quando mi ha chiesto di prepararmi la cena. Per la prima volta dopo tanto tempo mi stavo divertendo e divertendomi. Non ha idea di chi sono. Per lui sono solo una ragazza che porta le persone dove vogliono andare. Con lui posso vivere il momento per un po'. Finché non ci fermiamo a casa sua e torna indietro. Non gli ci vorrà molto per scoprire chi sono, che lo voglia o no. Dall'edificio in cui vive è chiaro che viene dal denaro. Il tipo che conosce persone come i miei genitori. E se qualcuno mi riconoscesse?

"Stai bene?"Dodley chiede mentre entro in un parcheggio vuoto e metto l'auto nel parcheggio.

È bravo a leggermi, il che significa che dovrò fare di più per tenerlo a distanza.

“Sì, sono solo stanco”, ammetto, ed è la verità. Anche se non è solo la mancanza di sonno a logorarmi. Sono stanco di molte cose e tenere le persone a debita distanza è la cosa principale in questo momento.

"Dai." Esce dall'auto e prima che mi tolga la cintura di sicurezza è al mio fianco e mi apre la portiera. Questa volta non mi offre la mano e invece si allunga dentro e me la prende così non ho la scelta di rifiutarla.

"Che cosa ho detto riguardo al tenere le mani a posto?" Glielo ricordo, ma non mi sottraggo al suo tocco.

"Pensavo che avessimo superato questo limite quando hai mangiato tutta la mia cioccolata." Il suo sorriso evoca il mio e mi sento calda dappertutto. Come continua a farlo?

"Wow, ti piace portare rancore", lo prendo in giro mentre mi chiude la portiera e apro il bagagliaio.

"Come ho detto, parli di più quando ti esasperano."

Raggiunge il bagagliaio e mi porge una borsa prima di prendere il resto per sé. Comincio a dirgli che potrebbe portarli tutti ma mi fermo. Ricordo a me stesso che si tratta della mancia e non del voler passare più tempo con lui.

Non ho nessun posto dove andare se non tornare in macchina per la notte. Avevo già deciso che non sarei tornato a casa dopo aver lasciato l'appartamento stamattina. Avrei potuto segnare un albergo con i cento che avevo spudoratamente strappatoDodley's mano, ma non me lo permetterò. Sarebbe come buttare via i soldi e io sono più intelligente di così.

io seguoDodley verso il suo palazzo, e più ci avviciniamo più penso che sia una cattiva idea. Qualcuno potrebbe riconoscermi. Il mio stomaco inizia a stringersi. Mi chiedo se magari posso dare la borsa al suo portiere e lui potrebbe aiutarlo a portarla su, ma quando entriamo nell'edificio non ne vedo nessuna. L'atrio è deserto e sono sollevata dal fatto che non ci sia nessun altro in giro, ma poi ricordo che è notte fonda.

È successo alcune volte in cui mi sono imbattuto in qualcuno che era incazzato per aver perso i propri soldi e se l'è presa con me. È sempre così imbarazzante, anche se so che non è stata colpa mia. Essere sgridato in pubblico perché è un ladro fa schifo. Non cerco più di discutere e difendermi. Invece cerco semplicemente di allontanarmene. Sarebbe peggio se accadesse davantiDodley perché è stato così gentile con me. Probabilmente è questo il motivo per cui sono attratto da lui.

Lo seguo oltre la fila principale di ascensori e devo soffocare un gemito quando infila la chiave in uno privato in fondo al corridoio.

"Qual'è il tuo cognome?" chiedo mentre salgo sull'ascensore e lui mi segue.

"Colin." Preme il pulsante per l'ultimo piano mentre cerco di scorrere i nomi delle persone che i miei genitori hanno fregato. Non mi viene in mente nulla, ma non ho mai prestato molta attenzione.

"Il tuo?" chiede proprio mentre le porte si aprono e non ho più la possibilità di rispondere.

La sua casa è completamente spoglia e io entro e faccio finta di guardarmi intorno.

"Non ero sicuro di cosa aspettarmi, ma non era questo." Non indossa un anello, quindi presumo che questo sia un appartamento da scapolo, ma qui non c'è niente. Mi rendo conto che potrebbe essere nuovo in città ed è per questo che non conosco il suo nome. "Ti sei appena trasferito?"

"Purtroppo sono qui da un po'." Sorride mentre mi guardo di nuovo intorno e osservo il semplice divano, la sedia e un tavolino da caffè. "Mi è stato detto che il posto era un affare e che avrei dovuto comprarlo come investimento immobiliare." Lo seguo nella luminosa cucina bianca che sembra high tech. "Non mi interessa davvero dove dormo. Finché riesco a prendermi qualche ora qua e là, sto bene".

"Dev'essere carino", mormoro senza pensare a quello che sto dicendo.

Lui si ferma al mio errore e i suoi occhi si posano sui miei. Vedo la preoccupazione attraversargli il viso e poi mi sento un idiota per averlo detto. Non è colpa sua se è ricco e io sono nella mia situazione.

"Lascia che ti prepari la cena." La sua voce è più morbida ora, ma c'è pietà in essa.

"Non ho bisogno della tua carità." Appoggio l'unica borsa che mi ha dato sul bancone e incrocio le braccia.

"Non è questo il motivo per cui te lo chiedo." Appoggia le mani al bancone e sembra che si stia preparando per una rissa, ma non voglio che con lui. "Voglio che tu rimanga perché te l'ho chiesto e tu vuoi essere qui. Mi sto divertendo fuori dall'ufficio, cosa che non succede mai." Sorride e vedo la sua fossetta. Penso a come sarebbe appoggiarsi al suo grande corpo e baciarlo lì. Avrebbe dovuto abbassarsi un po' per poterlo raggiungere, o forse avrei potuto farlo se fossi rimasto in punta di piedi. "Resta", dice piano, e non posso dire di no.

"Okay", sono d'accordo, ed è bello avere qualcuno che mi vuole intorno. "Ma non so cucinare per un cazzo", ammetto mentre mi siedo su una delle sedie alte sotto il bancone.

"Sei fortunato. Passavo le domeniche in cucina con mia mamma e so come muovermi". Sorride mentre inizia a disfare la spesa e mi passa gli Oreo. Non posso impedirmi di prenderne uno.

"È questo che fanno la domenica i bravi ragazzi del Midwest?"

"No, li passo al lavoro o a sgridare gli Eagles quando giocano. Sono cresciuto qui, tesoro.

Il suo vezzeggiativo mi coglie di sorpresa mentre mi mette davanti un bicchiere di latte.

"Non fare il pieno di biscotti. Ti darò da mangiare." Annuisco mentre lo guardo muoversi per la cucina. Il posto sembra disabitato, ma lui sa come muoversi.

"Prima hai detto il Midwest."

"Sono nato lì. Mia madre è del Midwest e ho trascorso lì le mie estati con i miei nonni. I miei genitori si trasferirono lì quando mio padre andò in pensione. Ho ancora la città nel sangue. Sono stato qui quasi tutta la mia vita.

Quando dice che so che tutto ciò che avrò con lui sarà stasera. Non c'è modo che non scopra chi sono e cosa ha fatto la mia famiglia. I nostri cerchi sono troppo piccoli. Sono sorpreso di non conoscerlo già, ma scommetto che Cara lo sa.

Gli sorrido e so che prenderò quello che posso ottenere. Anche se è solo per stasera, farò finta di non essere io. Sono solo una ragazza che cena con un uomo gentile, perché questo è tutto ciò che potrà mai essere.

Capitolo 6

Dodley

Abbiamo parlato per ore finché non si è addormentata sul divano. Non volevo svegliarla, quindi l'ho coperta con una coperta e l'ho osservata. Devo essermi addormentato con lei perché subito dopo mi sono svegliato da solo nell'appartamento.

Mi sono guardato intorno pensando che forse stesse usando il bagno, ma quando ho chiamato la sicurezza hanno detto che mi era mancata per qualche minuto. Ho pensato di correrle dietro, ma non volevo sembrare completamente pazzo. Invece prendo il telefono e invio un breve messaggio.

Io: Stavi aspettando che mi addormentassi per poter sgattaiolare fuori? Non pensavo di essere così noioso.

Aspetto un secondo e poi gliene mando un altro.

Io: Sul serio, però, mi sono divertito moltissimo ieri sera. Vuoi tornare nel mio luogo arido e cenare di nuovo stasera?

So che è scostante, ma devo almeno provarci. Non posso lasciarla scappare, e non la lascerò andare così facilmente. Fisso il telefono, sperando che lei mi risponda, quando finalmente suona.

Martine: Forse se non avessi russato così forte avrei continuato a dormire ;)

Non mi rifiuta subito, il che è un buon segno, ma ho bisogno di una conferma.

Io: non ti credo. Fai colazione con me e lasciami perdonare.

Passa un lungo momento prima che io possa vedere che sta scrivendo e che il suo messaggio finalmente arrivi.

Martine: Lavorerò tutto il giorno. Potrei essere in grado di fare qualcosa più tardi, a seconda di come va. Posso scriverti più tardi?

Non è un no assoluto, che ritengo possa essere un progresso. Ma sono le sette del mattino e so che ha dormito solo due o tre ore al massimo. Non dovrebbe guidare se è stanca. Ci penso un secondo prima di rispondere e nel frattempo lei mi manda di nuovo un messaggio.

Martine: Non pensare di dovermi nulla. Mi sono divertito ieri sera, ma possiamo lasciar perdere.

Scuoto la testa perché è come se stesse cercando di darmi una via d'uscita.

Io: Tira i freni, tesoro. Ho un sacco di cose per cui ho bisogno di aiuto oggi e se lavori, forse possiamo trovare una soluzione?

Martine: Tipo cosa...

Io: Ci vediamo al bar tra l'11 e il Garden tra quindici minuti. Ti preparo un caffè nero come la tua anima e ti dico di cosa ho bisogno.

Martine: Ci vediamo lì.

Faccio una doccia veloce, mi cambio d'abito e poi prendo la borsa a tracolla. Corro al bar e quando arrivo vedo Martine seduta vicino alla finestra. Indossa una felpa diversa e ha i capelli raccolti nel berretto di ieri. Mi sorride e mi sento come se avesse rallegrato la mia giornata prima ancora che iniziasse.

Quando mi siedo arriva una cameriera e prende la nostra ordinazione. Aggiungo del cibo insieme al caffè perché so che Martine non ha mangiato da quando se n'è andata e non credo che ordinerà se le dico che pago io. Quando prende la nostra ordinazione e se ne va, lancio a Martine uno sguardo severo.

"Numero uno, non russo."

È compiaciuta mentre sorseggia il caffè e vorrei potermi chinare in avanti e baciarla.

"Accetto di non essere d'accordo", dice mentre avvolge le mani attorno alla tazza calda.

"Numero due, non farlo di nuovo."

"Fare?" Le sue sopracciglia si uniscono confuse.

"Scappami così. Mi hai spaventato." Vedo un po' di colore salire sulle sue guance e lei annuisce leggermente.

"Scusa, semplicemente non volevo che fosse imbarazzante." Alza le spalle e per la prima volta vedo la vulnerabilità nei suoi occhi. "Comunque, in cosa hai bisogno che ti aiuti?"

"Sto arrivando alla fine di un progetto davvero grande e domani sera ci sarà una grande festa. Mi piacerebbe un po' di aiuto per prepararmi, e non posso essere in due posti contemporaneamente."

"Va bene." Sembra esitante ad accettare, quindi continuo a parlare.

"Saresti perfetto per il lavoro. Ho bisogno di qualcuno che possa andare in giro per me, raccogliere le cose e consegnarle. Sono sicuro che esiste un'azienda che può farlo, ma ho bisogno di qualcuno di cui mi posso fidare".

Sembra sorpresa mentre mi fissa. "Ti fidi di me?"

"Voglio dire, non con una bottiglia di spray al peperoncino, ma con tutto il resto, sì." Alza gli occhi al cielo e sono felice di vederla sorridere. "Sul serio, lascia che ti assuma per la giornata. Ti pagherò quello che mi farai pagare se manterrai il contatore in funzione e potrai tenerti le mance che ti danno per le consegne.

La vedo fare i calcoli mentali e poi annuisce leggermente con la testa. "Possiamo fare contanti in modo da non dover passare attraverso l'azienda? Ne prendono una bella fetta quando uso il loro programma.

"Assolutamente." Odio che debba guidare la macchina, ma almeno è un lavoro onesto. Ed è anche davvero una bella macchina. Ho dimenticato di chiederglielo, ma non mi sembra il momento giusto.

La cameriera ci porta il cibo e lo posa davanti a noi. Spingo un piatto verso di lei e lei cerca di rifiutare prima che io avvicini il piatto. Alla fine prende una forchetta e noi affondiamo.

Le dico i posti in cui ho bisogno che vada e cosa deve prendere. Prende appunti e scrive i nomi delle strade mentre procede. Posso dire che è davvero intelligente, competente, organizzata e anche ben informata sulla città.

"Conosci questo posto come le tue tasche", dico mentre cambia l'ordine dei posti che le ho assegnato in base al percorso che farà.

Mi sorride e c'è qualcosa di simile all'orgoglio nei suoi occhi. "Ho alcuni talenti."

"Lo so," dico mentre allungo la mano e la posiziono accanto alla sua sul tavolo.

Le mie dita sfiorano le sue e lei non si stacca. Ho poco sonno e sono oberato di lavoro, ma in questo momento sento che potrei correre la maratona di Boston se me lo chiedesse. Non mi sono mai sentito più vivo con qualcuno o più in pace. I suoi morbidi occhi castani mi guardano e lì c'è una domanda. Non so cosa sia, ma sembra che voglia che le faccia una promessa.

Rimaniamo così per un lungo momento, ognuno di noi cercando di dire ciò di cui ha paura ed entrambi non disposti a interrompere il momento.

Purtroppo il mio cellulare lo fa per noi quando inizia a squillare. La canzone "Eye of the Tiger" inizia a suonare a tutto volume e vorrei soffocare Simon. Mi frugo in tasca, lo tiro fuori e premo ignora.

"Va bene, puoi prenderlo", dice.

Proprio mentre sto ignorando la chiamata e dicendole che va tutto bene, la canzone riprende vita. Sospiro mentre mi scuso e rispondo.

"Meglio che sia buono", dico prima che Simon possa parlare.

"L'ispettore della città è qui, dove sei?"

"Merda." Mi sono completamente dimenticato.

"Sì, merda, è vero. E dove sono le mie ciambelle? Non dirmi che hai dormito davvero." Posso sentire l'incredulità nella sua voce.

"Certo che no", dico guardando Martine negli occhi. "Sto arrivando."

Riattacco il telefono e lei mi sorride. "Immagino che dobbiamo entrambi iniziare la giornata", dice, mostrando la sua lista di commissioni.

Apro il portafoglio e metto dei soldi sul tavolo. Poi le consegno la mia carta di credito, insieme a un biglietto da visita e tutti i contanti che ho con me.

"Wow,Dodley, non voglio tutto questo. Si guarda intorno come se qualcuno potesse vedere i soldi che ha in mano.

"È per ogni evenienza. Avrai bisogno di soldi per alcune consegne e alcune di loro non accettano carte. Se hai qualche problema, il mio cellulare è lì e anche quello del Simon del mio assistente. Devo scappare, ma ti manderò un messaggio."

Ci alziamo entrambi e io l'accompagno alla macchina. Le apro la porta, ma prima che possa entrare, ne approfitto per avvicinarmi. Le sfioro leggermente la guancia con le labbra e le sussurro all'orecchio.

"Ti penserò", dico prima di fare un passo indietro e andarmene.

Tutto in me vuole tornare da lei e avvolgerla tra le mie braccia. Vorrei girarmi e guardarla, ma se non stesse guardando? E se fosse già salita in macchina e non sentisse questa cosa tra noi? Il dubbio si insinua e mi fa incazzare. Non sono mai stato il tipo che si lascia fermare da qualcosa e non inizierò adesso.

Mi fermo e mi giro per guardarmi alle spalle perché devo sapere. Quando la vedo lì con le dita che toccano lo stesso punto in cui ho appoggiato le labbra, non riesco a trattenere il sorriso. Le faccio l'occhiolino mentre mi giro e continuo a camminare.

La neve soffice inizia a cadere e sento l'odore del cambiamento nell'aria.

Capitolo 7

Martina

Lo guardo allontanarsi con la mano premuta sulla guancia. Il punto in cui mi ha baciato pizzica e sento tutto il corpo riscaldarsi. Quando se ne va porta con sé qualcosa di me. Avrei voluto girare la testa e premere le mie labbra sulle sue così tanto, ma mi sono tirata indietro. Il suo grande corpo si allontana da me e la neve comincia a cadere. Proprio quando sto per andarmene si gira per lanciarmi un'ultima occhiata. Mi si blocca il respiro mentre mi sorride, e in qualche modo so che sperava che fossi ancora lì a guardarlo.

Ci è voluta tutta me stessa stamattina per alzarmi dal suo divano e lasciare il comfort di casa sua. Sapevo che dovevo uscire di lì prima che si svegliasse lui, e chiunque altro nell'edificio, del resto.

Dodley è il tipo di uomo che vorrebbe accompagnarmi alla macchina se fosse sveglio; questo era chiaro da come mi ha trattato ieri sera. Non ero una conquista che aveva raccolto e cercato di andare a letto. Pendeva in ogni mia parola quando parlavo, e potevo dire che era stanco ma si rifiutava di terminare la notte. Non volevo andarmene e so che nemmeno lui voleva che lo facessi. Inoltre non ero preparato a dirgli di no. Era troppo affascinante e dolce quando mi dava tutto ciò che pensava potessi desiderare. E tutto ciò che sembrava volere in cambio era la mia attenzione. Come avrei potuto rifiutarlo?

Non ha fatto una mossa con me per tutta la notte e mi ha appena toccato. Non sono sicuro che lo stesse facendo apposta perché quando ho provato ad avvicinarmi non ha risposto. Immagino che non fosse questo per lui ieri sera, ma dopo il modo in cui ha toccato la mia guancia con le sue labbra c'è molto di più che ribolle sotto la superficie.

Quando ho chiuso gli occhi ieri sera, stavo solo facendo finta di dormire finché non fosse finalmente andato a letto, ma il comfort di casa sua era troppo e ho dormito come non avevo fatto da mesi. Mi sono svegliato di soprassalto quando è sorto il sole e ho capito che dovevo uscire da lì. Ho sfidato il destino baciandolo sulla guancia prima di andarmene perché pensavo che sarebbe stata l'ultima volta che lo avrei rivisto. Era lo stesso posto in cui mi aveva baciato pochi istanti prima.

Quando gira l'angolo fuori dalla mia vista, salgo in macchina.

Mi sono detta che stamattina sarebbe stata l'ultima volta che l'avrei visto, ma ora guarda cosa è successo. Sono completamente pieno di merda perché nel momento in cui ho lasciato casa sua ho avuto il telefono bloccato in mano sperando che da un momento all'altro mi avrebbe mandato un messaggio. Non gli ci è voluto molto. Avevo programmato di ignorare la sua chiamata, ma stavo mentendo a me stessa, non solo rispondendogli, ma accettando tutto ciò che diceva.

Alzo la macchina perché devo andare. Prima o poi devo tornare a casa o Cara mi farà saltare il telefono chiedendomi dei soldi che ho guadagnato ieri sera. Il mio telefono si spegne e quando guardo lo schermo le farfalle mi sbattono le ali nello stomaco. Sorrido prima di leggere il testo godendomi semplicemente la sensazione di avere qualcosa di eccitante nella mia vita. Ero così preso da altre cose che fino ad ora non mi ero reso conto che mi mancassero.

Dodley: Sta iniziando a nevicare. Guidare sicuri.

La sua preoccupazione è qualcos'altro a cui non sono abituato. Avere qualcuno che si preoccupa per me non è mai stata una cosa. I miei genitori non si preoccupavano nemmeno per me quando erano in giro. Sono sempre stato un ripensamento e non sapevo quanto sarebbe stato bello averlo fino a questo momento. Mi sto mettendo nei guai?

"Non fare domande stupide", mormoro tra me e me nello specchietto retrovisore.

Sono fin troppo consapevole che la vita può cambiare in un istante, ma non posso lasciare che la mia mente vada lì. Devo solo concentrarmi sui soldi e superare questa cosa. Non è che posso mandargli un messaggio o chiamarlo e dirgli che non posso farlo perché conosco già il risultato. Cederò non appena aprirà bocca perché ha questo potere su di me che non posso controllare. Prima devo rimettermi in piedi e poi potrò pensare al futuro.Dodley mi sta aiutando in questo dandomi questo lavoro oggi. Forse avrà più lavoro per me in futuro e sto già cercando dei modi per stargli più vicino.

Metto in moto la macchina ed esco in strada mentre la neve cade tutt'intorno. L'inverno è sempre stato il mio periodo dell'anno preferito, ma non sono così sicuro che mi sentirò più lo stesso, soprattutto se trascorrerò i prossimi giorni a dormire in macchina. Spero che il fratello di Cara se ne vada presto, ma immagino non con la grande borsa che ha portato.

Il mio telefono suona e lo controllo quando mi fermo al semaforo rosso.

Dodley: Dimmi che starai attento altrimenti non farò niente oggi.

Mi chiedo come sarebbe vederlo passeggiare nel suo ufficio mentre pensa alla mia sicurezza? Per quanto inebriante potesse essere quel pensiero, non potevo fargli questo. Gli mando un messaggio e sorrido tutto il tempo.

Io: sarò al sicuro. Adesso mettiti al lavoro.

Alzo lo sguardo sulla luce rossa mentre arriva un altro messaggio.

Dodley: dovresti attivare la tua posizione e condividerla con me. Mi farà sentire meglio.

Faccio clic sul messaggio per attivarlo, ma subito prima che il mio dito prema il pulsante mi fermo e mi chiedo se dovrei. Come seDodley può vedermi e arriva un altro messaggio.

Dodley: Inoltre potresti aver bisogno di aiuto su dove andare oggi.

Dice quello che ho bisogno di sentire, quindi faccio quello che chiede.

Dodley: Grazie Tesoro

Quelle parole mi fanno battere forte il cuore, ma sono riportato alla realtà quando un'auto suona il clacson dietro di me. Lascio il piede dal freno e comincio a guidare. Forzo la mia mente da qualche altra parte come meglio posso. Ho già pianificato il percorso nella mia testa in base a tutti i luoghiDodley mi ha detto di andare.

Se sono bravo in qualcosa, è memorizzare. Ha reso la scuola facile per me ma anche noiosa. Adoro guidare in città e orientarmi. È stata una delle uniche cose positive che derivano dalla situazione dei miei genitori. Prima non lo apprezzavo abbastanza, ma ora che sono costretto a farlo, ne vedo la bellezza. È diventato un puzzle e voglio risolverlo con il modo più veloce per spostarmi da un posto all'altro.

Vado in giro a prendere e lasciare tutte le cose che dovrei. Cerco di non pensarciDodley, ma è come cercare di non pensare a un orso polare rosa non appena qualcuno ti dice di non farlo. Ma almeno sono occupato, e questo rende più facile rilassarsi. È il primo giorno da molto tempo in cui non sono costantemente stressato e mi sto davvero godendo quello che sto facendo. Chi l'avrebbe mai dettoDodley aveva la capacità di darmelo senza stare con me?

Quando arrivo alla terza fermata della mia lista, parcheggio la macchina e scendo. Mi trovo davanti alla vecchia chiesa trasformata in bar e sono incantato. Vedo un uomo aprire la porta d'ingresso e venire verso di me.

"È bellissima, vero?" dice mentre entrambi guardiamo le vetrate colorate.

«Lo è» ammetto. "Come ho fatto a non notare questo posto prima?" chiedo, guardando l'uomo più anziano.

"È stato restaurato solo di recente. Era pronta per la demolizione, maColin l'ha salvata."

"Dodley?" dico un po' sorpreso. Il posto è bellissimo e mi chiedo perché casa sua sia così vuota.

"Sì. Ha un debole per i vecchi edifici, ma questo non gli interessava." Scuote la testa come se ricordasse qualcosa. "Lo ha salvato e poi mi ha convinto a comprarlo. Giuro che quell'uomo può convincere chiunque a fare qualsiasi cosa. C'è una risata nella sua voce e annuisco in accordo.

Anche quando ho provato ad allontanarlo, ha continuato ad avvicinarsi. Ho la paura che risiede in un angolo della mia mente che da un momento all'altro quel poco che ho potrebbe essermi portato via senza motivo e tutto a causa del mio passato. Ma forseDodley puoi guardare oltre?

"Ha un talento nel vedere la bellezza di ciò che c'è sotto la superficie, questo è certo. La gente passava da questo posto per anni e non pensava nemmeno alla vecchia chiesa.Dodley ho visto cosa potrebbe diventare". Le sue parole colpiscono più vicino a casa di quanto lui sappia.

È così?Dodley mi vede? È dolce che possa pensare di potermi salvare, ma dovrei salvare me stessa. L'idea che voglia entrare nella mia vita mi dà speranza per il futuro.

Guardo indietro la chiesa e mi chiedo se sarei lo stesso. Una volta che avrà finito di salvarmi, passerà al prossimo? Da quello che so di lui, è un maniaco del lavoro dichiarato. Non sono sicuro che me la sarei cavata così bene come ha fatto la chiesa quando è passato a un altro progetto.

"Lascia che ti prenda quelle valigie", dice mentre torna in chiesa e mi lascia a rimuginare nei miei pensieri. Ritorna qualche istante dopo e mette gli scatoloni nella mia macchina. Poi mi dà una grossa mancia come in tutti gli altri posti in cui sono stato oggi.

"Questo è troppo." Alzo la voce in modo che possa sentire, ma sta già tornando dentro. Voglio assicurarmi che non abbia dato troppo per sbaglio.

"Non preoccuparti." Si getta alle spalle, dicendo la stessa cosa di tutti gli altri.

Guardo i soldi e mi chiedo seDodley metteteli all'opera. È così che cercherà di salvarmi? Le mie spalle cadono perché l'ultima cosa che voglio è pietà. Forse sto confondendo la gentilezza con quello che pensavo fosse un piccolo flirt.

Metto i soldi in tasca e salgo in macchina. Vedo che ho un messaggio da Cara e le mando un breve messaggio per farle sapere che proverò a passare più tardi. Ho ancora molti altri posti dove fermarmi prima del previsto incontroDodleye non voglio rovinare nulla.

Capitolo 8

Dodley

È stata una lunga giornata e Simon è stato esausto per gran parte del tempo. Il mio sorriso è semplice mentre mi siedo sulla sedia e guardo il programma finire di scorrere.

"Come fai a essere così calmo?" chiede mentre si passa le mani tra i capelli.

"Perché so che ogni volta che arriviamo a questo punto del progetto sei abbastanza stressato e preoccupato per entrambi." Lui alza gli occhi al cielo, ma io alzo le spalle. "So anche che funziona sempre. Consegniamo in tempo e si spegne sempre senza intoppi. Perché dovrebbe essere diverso?"

"Odio quando hai ragione", borbotta mentre il programma viene completato e il test è un successo.

"Assicurati solo che il tuo smoking sia stirato per domani," dico mentre si alza e prende la borsa.

"Sono sempre pronto a essere al centro dell'attenzione. Basta, non mettermi di nuovo in imbarazzo con un abito blu scuro.

Mi metto una mano sul cuore come se mi avesse ferito. "Dean ha detto che avevo un aspetto affascinante."

"È un bugiardo." Rido mentre Simon prende le chiavi e va verso la porta, ma prima che possa uscire, quasi incontra Martine. "Ciao, piccolino, ti sei perso?"

La guarda come se fosse una gattina smarrita, ma probabilmente è perché porta sempre con sé dei randagi.

"Lei è mia", dico, e Martine mi guarda e si morde il labbro inferiore per nascondere il sorriso.

"Lo è adesso?" Lui le tende la mano e le prende la mano. "Sono Simon e so tuttoDodley. Quindi, se vuoi un po' di sporcizia fammi sapere." Lui le fa l'occhiolino e lei annuisce.

"Lo terrò a mente perché in questo momento sembra troppo perfetto." Quando mi guarda, i suoi capelli biondi le incorniciano il viso e sembra così dolce che mi fanno male i denti.

"Beh, la verità è che lo è, ma non dirgli che ho detto questo." Si avvicina e finge di sussurrare. "Sei la prima donna che mi abbia mai presentato e devo dire che sono deluso." Faccio un passo verso di lui, ma lui sorride come se non avessi capito la battuta. "Speravo che giocasse per la mia squadra perché ho molti amici che mi chiedevano una presentazione."

Martine mi lancia un'occhiata e alza le sopracciglia.

"Immagino che adesso saranno tutti devastati. Ci vediamo domani alla festa?" Simon chiede a Martine, ma io rispondo per lei.

"Lei sarà lì."

"Immagino che lo farò", concorda, e sento calore nel petto.

"Divertiti, ragazzi. Vado a casa a prendere una bottiglia di vino e dieci ore di sonno.

Gli faccio un cenno mentre se ne va e Martine entra nella sala di controllo.

"Non ero sicuro di dove andare. La guardia di sicurezza al piano di sotto mi ha indicato..."

Prima che possa finire la frase, corro da lei e le tengo il viso mentre la bacio a dirotto. Le sue labbra sono morbide e le sue mani si muovono sotto le mie braccia e intorno alla mia schiena. Le sue dita afferrano il tessuto della mia maglietta, avvicinandomi, e poi la sua bocca si apre per me.

Il primo assaggio della sua lingua contro la mia è come un bicchierino di whisky direttamente nel mio corpo. Ho pensato a lei senza sosta tutto il giorno e questa è l'unica cosa che volevo fare. Beh, c'era molto altro, ma questo era il primo della lista.

"Ho dimenticato il mio-"

Simon ritorna nella stanza e Martine interrompe il bacio, seppellendo il viso nel mio petto. Rido vedendo l'espressione scioccata sul volto di Simon mentre prende il telefono e indietreggia lentamente fuori dalla stanza.

"Uhm, non preoccuparti di me. Passate una bella serata a voi due."

Quando la porta si chiude di nuovo, bacio la sommità della testa di Martine finché non alza lo sguardo su di me. Il suo viso è rosso vivo e si sta mordendo il labbro inferiore.

"Scusa," sussurra, ma io scuoto la testa e le bacio velocemente le labbra.

"Dovrei dispiacermi. Ho pensato di baciarti tutto il giorno e ho perso il controllo. Le metto i capelli dietro l'orecchio e sento le sue mani sulla mia schiena. La bacio di nuovo velocemente perché non riesco a fermarmi ora che l'ho assaggiata.

"Anch'io ho pensato a te." Lei mi guarda attraverso le ciglia mentre i miei pollici le sfregano sotto il mento.

"Allora verrai con me domani sera?" chiedo, sfiorando le sue labbra con le mie. All'improvviso lei si irrigidisce e io mi appoggio allo schienale.

«Dovrò vedere cosa ho da indossare. Non ci ho pensato prima di dire sì".

"Sei andato al negozio di Kensington?" chiedo, e lei annuisce. "Allora l'hai già raccolto."

I suoi occhi si spalancano per lo shock. "Di cosa stai parlando?"

"Una delle commissioni che ti ho fatto fare oggi era quella di prendere un vestito per domani. So che è un invito dell'ultimo minuto per un evento formale. Non mi aspettavo che avessi un abito da ballo a portata di mano. Le sorrido e il suo corpo si rilassa. "Penso che Simon sia l'unica persona che conosco che possiede effettivamente uno smoking."

"Che tipo di vestito hai scelto? Come fai a sapere che si adatterà? Ho così tante domande.

«Non preoccuparti dei dettagli, tesoro. Lascia solo che ti porti ad un appuntamento."

Vedo il rossore insinuarsi di nuovo sulle sue guance mentre abbassa timidamente il mento e annuisce. "Perché non mi dici cosa fai?" dice, indicando la fila di computer di fronte a me.

"Un po 'di tutto." Le prendo la mano e la conduco al mio posto, ma prima che possa allontanarsi me la tiro giù in grembo. "Questo è il programma sonoro che stiamo eseguendo per garantire che l'acustica sia perfetta."

"Che posto è questo?" Guarda dall'alto del palco tutti i posti sottostanti.

"Era un vecchio music-hall. Il quartiere lo utilizzerà per eventi. Penso che ad un certo punto abbiano proiettato vecchi film qui. Osservo il suo viso mentre studia l'edificio e poi tutto ciò che abbiamo davanti.

"È così bello. Il teatro mi ricorda il film Annie".

"Veramente? Ti è piaciuto quello mentre crescevi?"

I suoi occhi si illuminano e lei annuisce. "Era il mio preferito. Mi è piaciuto il fatto che fosse in una brutta situazione all'orfanotrofio, ma questo non ha fermato il suo spirito. Poi si è ritrovata con genitori che l'amavano". C'è tristezza nei suoi occhi e sono sorpreso di quanto il mio cuore soffra per lei. Vorrei chiederle di più, ma lei scuote la testa e sorride. "Devo averlo visto mille volte. La parte in cui vanno al cinema è la mia preferita. Questo teatro sembra proprio così. Avranno dei film qui?"

"Penso di sì", dico mentre le strofino la mano sulla spalla e lungo la schiena. Non riesco a tenere le mani lontano da lei. "Dovrò chiedere il programma degli eventi. Possiamo tornare e guardarli.

"Sembra davvero carino." Gioca con il colletto della mia camicia e sembra che nessuno dei due riesca a concentrarsi in questo momento.

"Posso portarti a casa?" La mia voce è bassa mentre mi avvicino a lei. Anche con lei seduta sulle mie ginocchia, torreggio su di lei. "Puoi vedere il vestito che hai preso e posso prepararti la cena."

"Non minacciarmi di divertirmi", dice, e questa volta tocca a lei avvicinarsi e premere le sue labbra sulle mie.

È audace nel suo bacio e la tengo stretta contro di me mentre lei mi inspira. Il suo corpo è modellato contro il mio e la mia grande mano sul suo sedere la stringe forte. Dio, voglio sprofondare in lei e scoprire quanto è stretta. Immagino che la sua figa abbia dei riccioli biondi ed sia stretta come un pugno. Il pensiero di scoparla forte mentre lei si aggrappa a me mi fa prendere il sopravvento sul nostro bacio. Chiedo la sua attenzione mentre la inspiro dentro di me e cerco di unire i nostri corpi.

Non so per quanto tempo ci baciamo, ma quando lei ride e mi abbraccia forte, so che è passato più tempo di quanto entrambi pensiamo.

"Vieni, altrimenti rimarrò qui con te tutta la notte", dico mentre mi alzo.

Quando si gira provo a sistemare il mio cazzo, ma è così grosso e duro che non so dove andare. Si volta proprio mentre sto cercando di capire cosa fare con il mio mostro e si mette le mani sulla bocca.

"Non ho niente da dire, a parte il fatto che mi piace davvero baciarti." La sua faccia è rossa come un idrante mentre la stringo a me. Mi avvicino e mantengo le parole basse. "Hai avuto un uomo tra le gambe, tesoro?" Quando scuote la testa per dire no, premo le labbra sul suo cuore. "Non preoccuparti, ti farò diventare una donna."

Il suo corpo trema e sussulta mentre entrambe le mie mani si spostano sul suo culo e la tengo stretta contro il mio cazzo. Posso sentirmi ringhiare nel petto prima di lasciarmi andare con riluttanza e tenerle la mano mentre lasciamo il teatro.

"Nessuno mi ha mai parlato in quel modo", dice una volta fuori.

"Ti piace?" Le bacio il dorso della mano mentre ci avviciniamo alla sua macchina.

"Sì." Lo ammette come se non volesse e ora tocca a me cercare di nascondere il mio sorriso.

Le apro la portiera del conducente e lei sale. Quando faccio il giro dall'altra parte ed entro, lei mi guarda con curiosità.

"Che cosa?" Metto la mano sullo schienale della sedia e aspetto.

"Sei diverso da qualsiasi uomo che abbia mai incontrato." Accende la macchina e poi mi guarda di nuovo. "E non riesco a decidere cosa fare al riguardo."

"Non dobbiamo prendere una decisione stasera", dico mentre mi avvicino e le bacio il collo. "Ma non vado al contrario. Possiamo andare piano quanto vuoi, ma non si può tornare indietro.

Ci pensa un secondo e poi annuisce prima di dirigersi verso casa mia.

Capitolo 9

Martina

"Stai mentendo!" strillo comeDodley mi fa il solletico sul divano.

"È vero." Si appoggia allo schienale e sono senza fiato per aver riso così forte.

"Non ci credo nemmeno per un secondo." Le mie dita si muovono sotto le sue braccia, poi fino alla vita e oltre la sua prominente erezione fino alla parte posteriore delle sue gambe. "Sul serio, non soffri il solletico da nessuna parte?"

"È una buona cosa perché soffri abbastanza per il solletico per entrambi." Mi tocca a malapena la vita e mi piego in due dalle risate.

"È solo che..." respiro, ma poi ricado sul divano mentre lui si mette sopra di me. "È solo perché so che lo farai."

Il suo peso sembra buono e allargo le gambe in modo da poterlo cullare tra di loro. Sta sorridendo, ma i suoi occhi sono affamati e sento la spessa sporgenza che ha nei jeans contro il mio punto debole.

Siamo tornati e mi ha preparato la cena. Poi si è rifiutato di mostrarmi il vestito che vuole che indossi domani. Continuavo a dire che avrei dovuto provarlo nel caso non andasse bene, ma lui ha detto che non sarebbe successo. Era così sicuro di sé e arrogante che mi ha fatto baciare e poi abbiamo finito per pomiciare per un'ora. Poi ci siamo spostati sul divano e abbiamo parlato per ore tra baci e lui che mi scopava a secco. Non posso dire che non mi piaccia come è andata avanti la serata.

Si spinge dentro di me come farebbe se stessimo facendo l'amore e io gemo. Come fa ad essere così perfetto? Si comporterebbe in questo modo se sapesse la verità? Questi pensieri mi attraversano la testa, ma decido di ignorarli perché è troppo dannatamente bello.

"Parlami di questa cicatrice", dice quando mi solleva la maglietta e vede la piccola linea sotto il reggiseno.

Gli lascio infilare le dita sotto il reggiseno finché non trovano il mio capezzolo duro. C'è un pizzico e quasi mi alzo dal divano mentre lui mi spinge il reggiseno fino in fondo per rivelare il mio seno.

"Al liceo, una partita di lacrosse", sussurro mentre lui si china e traccia la forma del mio capezzolo con la lingua.

Afferro il divano quando lo succhia in bocca e la sua mano trova l'altro mio seno. Quando la sua bocca lo copre, sposto le mani tra le gambe e sulla cintura dei suoi jeans. Armeggio con la fibbia prima di aprirli, ma lui non mi ferma. Questo è più lontano di quanto siamo andati prima. Baci e coccole sopra i vestiti non potevano durare così a lungo.

Quando il mio palmo avvolge la sua notevole circonferenza, i miei occhi si aprono. Mio Dio, è enorme, ma invece di avere paura, il mio sesso si contrae. Come sarà questo dentro di me? È così che mi renderà una donna? Perché sono abbastanza sicuro che questo mi renderà incinta se non rallentiamo.

"Attento", dice mentre mi lecca il capezzolo.

Mi rendo conto che lo sto stringendo forte e allento la presa mentre muovo la mano su e giù. Sono scioccato quando continua ad andare avanti e deglutisco rumorosamente. Abbasso lo sguardo per assicurarmi di non avere per sbaglio la sua coscia in mano. Quando i miei occhi si posano sulla spessa punta rossastra del suo cazzo quasi svengo. Beh, non mi entrerà mai nel culo, questo è certo.

Come se avvertissi la mia apprensione, Dodley mi bacia sulla pancia e sento le sue dita sulla vita dei miei jeans. "Lascia che ti baci un po' e vediamo se riusciamo a sistemarlo."

Oh merda, sta succedendo davvero?

Le sue mani sono forti mentre mi tolgono i jeans dai fianchi insieme alle mutandine. La mia maglietta è sollevata e sono nuda dalla vita in giù mentre lui si inginocchia sul pavimento tra le mie cosce.

"Carina e rosa proprio come pensavo che fossi," dice, passando le nocche tra le mie labbra e sul mio clitoride.

"Dodley." Dico il suo nome come un'imprecazione mentre mi siedo e cerco di chiudere le gambe.

"Esatto, tesoro", dice, fissandomi gli occhi.

Non interrompe il contatto mentre si china e mi bacia dolcemente la figa mentre i suoi occhi rimangono nei miei. Lo rende molto più intimo e reale di qualsiasi cosa avessi immaginato e non riesco a distogliere lo sguardo. La sensazione della sua lingua contro di me è deliziosa e oscura. Allungo la mano e gli passo le dita tra i capelli e lui chiude gli occhi come se stesse assaporando il suo dolce preferito. Come potrò mai funzionare dopo aver saputo quanto è bello? Andrò in giro tutto il giorno desiderando che mi leccasse tra le gambe? Perché in questo momento non voglio che finisca mai.

Mi sento avvicinarmi al climax, ma è diverso da qualsiasi cosa mi sia mai concesso. Normalmente mi precipito fino alla fine e non mi prendo il mio tempo, ma questa volta non voglio che finisca. Come se lo percepisse, rallenta e mi lecca a ritmo pigro. Sento la sua lingua affondare più in basso e dentro di me e gemo così forte che dovrei sentirmi in imbarazzo.

Non guarderò mai la sua bocca allo stesso modo e vorrei poter in qualche modo succhiargli il cazzo allo stesso tempo. Ma a dire il vero probabilmente finirebbe per stendermi il cazzo in faccia mentre mi lecca. È così bello che non so nemmeno il mio nome in questo momento e non mi interessa.

Quando comincio a piagnucolare, lui torna sul mio clitoride e questa volta non ci va piano con me. Sento due dita infilarsi nella mia figa proprio mentre grido il suo nome. Il climax mi colpisce velocemente e non sono preparato perché vado in pezzi. È un fuoco ardente che mi scorre nelle vene e posso solo immaginare che questo sia il senso della droga.

"Dodley", mormoro mentre tira via da me l'ultimo orgasmo e mi lecca per pulirmi. Ho un sorriso incollato sul viso mentre lui si muove tra le mie gambe e sento il calore del suo cazzo su di me.

Non spinge contro di me come vorrebbe entrare. Invece scivola tra le mie pieghe bagnate, facendomi solo sentire la sua dimensione.

"Sei la donna più bella che abbia mai visto", dice mentre si sdraia di nuovo sopra di me e mi guarda negli occhi. "Vieni a letto con me. Voglio abbracciarti mentre dormi."

"Che dire...?" Muovo i fianchi e sento la sua dura lunghezza per enfatizzare il mio punto.

Fa un respiro profondo e scuote la testa. "Vieni a letto. Possiamo capirlo più tardi.

Mi tira giù dal divano e mi mette tra le sue braccia, ma mentre inizia a camminare sento il telefono in soggiorno. Era infilato nel retro dei miei jeans e li abbiamo lasciati lì. Sento la suoneria che ho per Cara e impreco, ricordandomi che mi ero dimenticata di passare all'appartamento e di lasciarle dei soldi.

Non ho intenzione di darle tutto quello che ho fatto, ma avrà bisogno di qualcosa che la tenga lontana da me. Penso per un secondo se rispondere quando finisce la chiamata. Ma con mia sorpresa squilla di nuovo subito eDodley pause.

"Hai bisogno di prenderlo?" Le sue sopracciglia si uniscono preoccupate quando annuisco.

È tardi, ma Dio sa cosa farà se non rispondo. Lui annuisce e mi mette giù e io corro a prendere il telefono dal pavimento. Faccio fatica e premo risposta prima che possa spegnersi di nuovo.

"Ciao?" dico, quasi senza fiato.

"Vuoi spiegarmi che cazzo sta facendo la mia macchina seduta qui e non ti trovi da nessuna parte?"

Capitolo 10

Martina

"Sto arrivando", dico a Cara e chiudo la chiamata. Quando alzo lo sguardoDodley, le sue sopracciglia sono aggrottate con un misto di preoccupazione e rabbia. "Compagno di stanza", rispondo, e spero che per ora sia una spiegazione sufficiente. "Devo andare."

Prendo i pantaloni, maDodley me li strappa dalle mani. "Non andrai da nessuna parte."

Il suo tono è fermo. Neanche io voglio andare, ma non ho scelta. Vorrei urlare per la frustrazione, ma tengo le parole chiuse dietro le labbra. Sono gonfie per i suoi baci perché non sono abituata a queste attenzioni. Me li lecco al pensiero di baciarlo ancora e i suoi occhi azzurri seguono il movimento. Si lecca le labbra e immagino che possa assaggiarmi.

"Non andrai da nessuna parte", ripete.

"Devo restituirle la macchina. È suo", ammetto, ma sono abbastanza sicuro che abbia sentito quell'informazione quando Cara ha urlato attraverso il mio telefono.

Ha uno scatto d'ira e chissà cosa farà se non esco a trovarla. L'ultima cosa di cui ho bisogno è che lei faccia una scenata davanti a leiDodleyl'edificio. Si potrebbe chiamare la polizia e questo è tutto ciò di cui ho bisogno: il mio nome è comparso di nuovo su Internet. Finirei per trascinare con me l'uomo che mi ha regalato le ventiquattr'ore più belle della mia vita e non posso fargli questo.

"Può riavere la sua macchina." I suoi occhi lampeggiano con qualcosa di nuovo che non avevo mai visto prima da lui.

Sembra che si stia preparando per un combattimento che sa che vincerà. Questo non dovrebbe eccitarmi e cerco di respingerlo. Metto le mani sui fianchi e ignoro che sono nudo dalla vita in giù.DodleyGli occhi di lui vanno dritti tra le mie gambe e devo lottare per restare fermo.

"Quindi non sei sempre dolce e affascinante." Sono incazzato, ma non con lui. Sono arrabbiato per tutta la situazione. Ho passato il momento più bello della mia vita nemmeno pochi minuti fa e ora perderò tutto.

Mi allungo per prendergli i jeans, ma lui è più veloce. La sua grande mano mi avvolge il polso mentre mi attira nel suo corpo caldo. Inciampo nei miei piedi, ma non cado a terra. Mi attira a sé e mi stringe forte tra le sue braccia. Mi sta facendo sapere senza parole che non andrò da nessuna parte e mi sta ricordando quello che gli è balenato negli occhi pochi istanti fa. Il suo dominio non può essere frainteso e, anche se forse non l'ho mai visto prima, è sempre stato lì in agguato sotto la superficie.

"Attento, tesoro." La sua voce è dolce e mi sciolgo contro di lui. «Ti accompagnerò a darle le chiavi. Poi potrà andarsene di qui, cazzo."

"Posso andare da solo." Forse posso godermelo ancora per un po'. Chissà chi incontrerò domani, ma potrei passare la notte nel suo letto. Forse può vedere di più su chi sono veramente e che non assomiglio per niente ai miei genitori. Una parte di me sa che non gli importerà, ma la ragazza spaventata dentro di me che ha perso tutto una volta non può aggrapparsi a quel tipo di speranza.

Grugnisce e poi scuote la testa. "Dopo il modo in cui l'ho sentita parlarti? Non credo proprio che sia così." Mi bacia prima che possa rispondere e io lo afferro con tutto ciò che ho dentro di me perché questo potrebbe essere il nostro ultimo bacio.

"Se non smetti di farlo non andremo da nessuna parte".

Per quanto allettante sia, so che in un modo o nell'altro dovremo farlo perché Cara farà una scenata. Come se fosse stato il momento giusto, il mio telefono squilla di nuovo eDodley maledizioni. Mi lascia andare e risponde al telefono. La mia bocca si apre mentre lo fa.

"Stiamo scendendo." Non aspetta una risposta, chiude la chiamata e lancia il mio cellulare su una sedia.

"Non posso credere che tu le abbia detto questo." Non sono arrabbiato perché l'ha fatto. Sono scioccata. È sempre così affascinante e dolce, ma mi piace questo lato di lui.

"Ha parlato con la mia donna in questo modo, le parlerò in questo modo."

"Questo non dovrebbe eccitarmi", mormoro tra me e me, scuotendo la testa. Quando sento la sua risatina profonda, lo guardo. "Di che stai ridendo?"

«Mettiti i pantaloni così possiamo andare di sotto e farla finita con questa storia. Ti voglio nel mio letto." Mi passa i pantaloni e io li indosso mentre lui sistema i suoi vestiti.

"Sei prepotente", gli dico mentre mi metto le scarpe.

"Ho i miei momenti." Alza le spalle. "Quando sono spinto non mi tiro indietro. Se qualcuno è gentile con me, sarò gentile con lui. Non devo essere uno stronzo nella vita per ottenere ciò che voglio. Preferirei essere gentile, ma come puoi vedere alcune persone non capiscono e devi trattarle di conseguenza. Forse impareranno una lezione da questo processo".

Mi piace la sua logica. Più di una volta avrei voluto rimproverare Cara, ma non potevo permettermi questo lusso. Potrei non solo perderlo stasera, ma perdere il divano su cui mi sono sdraiato. SorridoDodley perché non mi importa che potrebbe costarmi la casa. Mi ha difeso e non riesco a ricordare un momento in cui qualcuno lo abbia fatto.

"Non ero il più gentile quando ci siamo incontrati per la prima volta", gli ricordo mentre mi alzo e lui mi tende un cappotto.

"Sei l'eccezione alla regola."

Le sue parole mi fanno battere il cuore. "Voglio che tu sappia che il tempo trascorso con te è stato meraviglioso. Non sono sicuro che tu sappia cosa significasse per me essere trattato con tanta gentilezza. Glielo dico perché voglio che lo sappia nel caso in cui le cose andassero davvero male.

"Fai sembrare che le persone siano cattive con te." Mi scruta il viso come se potesse trovarci qualcosa.

"Va bene, lasciamo solo..." Cerco di ignorarlo, ma non ce la fa.

"Non va bene, e qualunque cosa sia, non succederà più. Potresti non essere pronta a raccontarmi tutti i tuoi segreti, ma finché non li avrò, ti prometto che nessuno ti tratterà come meno di una regina. A loro non piacerà quello che succede se scopro che non sta succedendo". Mi prende la mano e intreccia le sue dita con le mie mentre saliamo sull'ascensore.

Non sapevo che potesse diventare ancora più difficile, ma negli ultimi minutiDodley ha infranto tutte le mie mura. Penso che mi sto innamorando di lui e non so se è la sua gentilezza o la sua forza, ma gli sto dando il mio cuore.

Mi avvicina a sé e mi bacia sulla testa mentre le porte dell'ascensore si aprono nell'atrio. Non faccio nemmeno pochi metri prima di sentirla in lontananza.

"Mi dispiace davvero", dicoDodley mentre Cara appare. La sua testa scatta verso di noi e i suoi occhi si spalancano per la sorpresa quando vede con chi sto. Dall'espressione del suo viso sa chiDodley È. Allo stesso tempo la sua presa su di me si fa più forte.

"Dodley?" Gli occhi di Cara rimbalzano tra lui e me.

"La tua coinquilina è Cara Rich? Gesù." Dice qualche altra parola scelta sottovoce ed è chiaro dal suo tono che non è un suo fan.

"Cara", dice in tono sprezzante con un accenno di avvertimento.

«Eri tu al telefono?» Le sue mani vanno ai fianchi. Non so dire se sta per esplodere o se la sta chiudendo a chiave. I suoi stati d'animo sono come un interruttore della luce, si accendono e si spengono così velocemente.

"Non apprezzo che tu chiami la mia ragazza e le parli in quel modo."

Dodley si mette la mano in tasca e tira fuori le chiavi che avevo completamente dimenticato di portare giù. Li lancia all'uomo in piedi accanto a Cara che non avevo notato prima. Prende le chiavi, poi mi lancia un'occhiata e riconosco lo sguardo. Mi riconosce e sta cercando di capire chi sono.

"Non presentarti a casa mia comportandoti da pazzo. Tieni la tua merda disordinata nella tua parte della città dove ti ha messo tuo padre. La mia bocca si apre e rimango senza parole. Riderei se potessi tirarlo fuori dallo shock. Ancora migliore è l'espressione sul volto di Cara.

"Che cosa stai guardando, Fortuna?" L'uomo distoglie lo sguardo da me e alza le mani.

"Mi dispiace, amico, sembrava familiare." Cerca di consegnare a Cara le sue chiavi, ma lei lo ignora. Sembra che la sua testa stia per esplodere da un momento all'altro.

"Le cose andranno male", sussurroDodley, perché Cara può essere imprevedibile.

"Mi stai prendendo in giro, vero?" Si guarda intorno nell'atrio dell'edificio e non sono sicura di cosa stia cercando. La sua testa torna indietro verso di noi come se avesse trovato la sua risposta. "Non pensavo che fossi uno di loro." Lei stringe gli occhiDodley.

"Di cosa sta parlando?" Chiedo a lui.

"Chi lo sa?"Dodley dice alzando gli occhi al cielo.

"Non fare lo stupido,Dodley. Ora sto vedendo attraverso la recitazione del bravo vecchio ragazzo. Sei come mio fratello e tutti gli altri." Lei scuote la testa e mi lancia un'occhiataccia. "Abbi il tuo piccolo sporco segreto. Pensavo che fossi più intelligente di così."Dodley si tende accanto a me. "Non si calmano mai. Ti consumerà e ti getterà da parte come tutti gli altri. Cerca di sembrare disgustata, ma non ci credo. "Dai, Martine, almeno con me sai a che punto sei." Aspetta come se fossi un cagnolino e si aspetta che io venga da lei.Dodleymi tieni stretto, ma non vado da nessuna parte.

«Non so di che cazzo stai parlando, Cara. Apparentemente la coca ha divorato tutte le cellule cerebrali della tua testa, perché hai perso la testa. Vai fuori di qui,"Dodley glielo dice e conferma quello che pensavo riguardo al suo uso di droghe.

"Basta con queste stronzate", gli ribatte lei, e la sua vera natura viene fuori. "Sei semplicemente più bravo a nascondere quello che sei rispetto al resto di quegli stronzi. Mi ci è voluto così tanto tempo per capirlo perché hai davvero ingannato tutti, non è vero? In effetti penso che tu sia peggio. Almeno con gli altri possiamo vedere cosa sta succedendo, ma probabilmente l'hai tutta presa dentro di te. Ha già passato abbastanza merda così com'è. Cara lo dice come se tenesse a me.

Cara ha attraversato una tempesta di ragazzi e deve presumerloDodley è proprio come i ragazzi che corrono nella sua cerchia. Ai ragazzi piace proprio suo fratello, Lance. Forse sono ingenuo, ma non credo a una parola di ciò. Anche Cara ne fa uso e, anche se potrebbe non volermi scopare, vuole delle cose da me.

"Non parlare di lui in quel modo. È un brav'uomo, Cara. Ti ho dato le chiavi e penso che dovresti andare", le dico e prego che ascolti.Dodley non merita le sue accuse.

Fa per aprire la bocca, maDodley la interrompe. «Non sono stupido, Cara, e i tuoi giochi non funzioneranno qui. Non so perché desideri così tanto Martine, ma non sta succedendo. Prendi la truffa che probabilmente hai imparato da tuo padre e vattene dal cazzo di palazzo. Non lo dirò più".

"Vaffanculo." Batte il piede e quasi cade quando lo fa con i suoi tacchi da cinque pollici. "Mio padre non è il truffatore", ride. "Dammi una pausa, cazzo,Dodley. Stai dando il tuo cazzo alla figlia del più grande truffatore di questa città.

Lasciai uscire un piccolo sussulto, incapace di trattenermi. "Martine Nicklas", dice l'uomo accanto a Cara, mettendo insieme chi sono e informandomiDodley allo stesso tempo.

"Metodo."Dodley alza la mano ed è allora che noto il portiere vestito di nero che prende il telefono.

"Me ne vado, non c'è bisogno di chiamare la polizia", taglia corto mentre mi guarda male. "Porta via la tua merda da casa mia."

"Con piacere,"Dodley risposte per me. "Avrò qualcuno lì domattina presto." Dice, e la cosa la fa incazzare. Afferra le chiavi e se ne va, maDodley dice il suo nome e lei si volta. «Di' a tuo fratello di stare lontano dalla mia ragazza, cazzo. Prometto che alla tua famiglia non piaceranno le conseguenze se le cose non andranno per il verso giusto." Non sembra preoccuparsi della sua minaccia e gli fa il dito medio mentre si allontana.

Dodley guarda il ragazzo che è ancora in piedi nell'atrio. «Cara era qui stasera perché era con te?»

"Non insultarmi con quella merda perché sei incazzato e non stavo controllando la tua ragazza". L'uomo scuote la testa mentre si dirige verso una fila di ascensori ed entra.

"Mi dispiace, Allen,"Dodley dice al portiere.

"Nessun problema, signore", dice.

"Non voglio che nessuno della famiglia Rich entri in questo edificio. Non mi interessa chi sono qui per vedere.

«Lo farò sapere agli altri.»

"Grazie. Buonanotte", dice all'uomo prima di riportarmi al suo ascensore privato.

«Potrei aver bisogno di una doccia dopo aver affrontato quella strega. Assomiglia a sua madre, ma si comporta come suo padre. Sono tutti consumatori e non intendo solo droghe". Mi attira a sé mentre preme il naso sulla mia testa e mi inspira.

«Di' qualcosa su quello che hai scoperto. Su chi sono» sussurro. Le porte dell'ascensore si aprono, ma non ci muoviamo mentre la sua mano mi arriva al mento. Mi fa alzare lo sguardo così non posso nascondermi per un secondo.

"Non mi interessa", mi dice semplicemente.

«Si sbagliava così tanto su di te. Odio che lei..."

"Tesoro, non lasciare che le sue parole ti tocchino, perché per me non significano nulla."

Il peso del mondo si solleva dalle mie spalle mentre lui mi tiene stretto. Prima che io sappia cosa sta succedendo, sono tra le sue braccia e mi sta portando fuori dall'ascensore e mi riporta a casa sua. Affondo la faccia nel suo collo ed è il mio turno di inspirarlo. Pochi istanti dopo la mia schiena colpisce il suo letto e lui scende su di me. Il mio dolce e affascinante uomo è tornato e io allungo la mano e gli tocco il viso, volendo assicurarmi che sia reale.

"Lo capisci adesso?" mi chiede prima di baciarmi profondamente e cominciare a spogliarmi. "Non mi interessa niente di quella merda. Mi interessa quello che c'è qui." Mette il palmo della mano sul mio cuore.

"Sei un brav'uomo, Dodley. Avrei dovuto sapere che non ti sarebbe importato. Mi sono solo spaventata," ammetto. "Ho tanta paura di perdere di nuovo tutto. Non permetto a nessuno di avvicinarsi perché non voglio perderlo o vedere che non gli importi quando mi perdono. In questo momento vedo che la perdita dei miei genitori mi ha ferito più di quanto avessi mai ammesso con me stessa.

"Sono già vicino, tesoro." Si avvicina, sfiorando la sua bocca contro la mia. "Non è possibile che io sia così stupido da lasciarti andare, e chiunque lo abbia fatto non era degno di te." I miei occhi iniziano a lacrimare alle sue dolci parole.

"Niente di tutto questo", mi dice mentre mi rivolge il suo sorriso perfetto. "Permettimi di mostrarti quanto sono degno di averti." Scivola lungo il mio corpo e mi bacia tra le gambe finché non mi strappa fino all'ultimo grammo di piacere e mi addormento.

Capitolo 11

Dodley

La guardo dormire perché non voglio perdere nemmeno un momento con lei. È dalla sua parte e le luci sono spente, ma ho lasciato la porta del bagno socchiusa in modo da poterla ancora vedere. La luce soffusa illumina la sua silhouette e ricordo ogni curva del suo corpo.

È completamente nuda con le coperte spinte via. Dopo che ho banchettato con lei, si è rannicchiata e da allora non si è più mossa. Faccio scorrere le dita dalla sua spalla al fianco, avanti e indietro mentre lei canticchia assonnata.

Tutto quello che ha passato negli ultimi mesi deve essere stato un inferno. Ho cercato la sua famiglia e ho visto cosa avevano fatto, ma questo non mi ha allontanato da lei. Più leggo, più mi viene voglia di proteggerla perché è chiaro che nessun altro lo ha mai fatto. Non mi dispiace per lei, perché è qui nonostante le probabilità siano contro di lei. Probabilmente è la persona più forte che conosco e tutto ciò che voglio fare è stare al suo fianco.

Con quanta rapidità la mia vita si è capovolta e ho visto la nuova prospettiva davanti a me. Non ho mai pensato all'amore a prima vista o al fatto che potessi essere completamente conquistato da qualcuno con una sola parola. Ma da quando sono salito sul retro dell'auto di Martine, è esattamente quello che è successo. Ogni volta che sorride, ride o addirittura mi tocca, mi innamoro completamente e perdutamente di lei.

"Sei speciale. Non smettere mai di crederci". Sussurro la citazione di Annie e penso a lei da ragazzina che guarda quel film.

Scommetto che desiderava che qualcuno venisse a salvarla. È un peccato che mi ci sia voluto così tanto tempo per trovarla.

Chinandomi in avanti, premo le mie labbra sulla sua spalla e la tengo stretta. Si rannicchia contro il mio petto e io chiudo gli occhi, giurando che sarò io ad amarla per il resto della sua vita. Sono contento per la prima volta nella mia vita e non mi sento come se stessi semplicemente correndo da un lavoro all'altro. Forse tutto è servito a trovare Martine, quindi adesso questo è il mio lavoro.

Il sole sorge e non sono andato a dormire, ma mi sento più riposato di quanto non mi sentissi da molto tempo. Si stiracchia e la guardo mentre inizia a girarsi ma poi si sveglia di soprassalto. Devo trattenere la risata quando si siede e si guarda intorno con i capelli arruffati e uno sguardo selvaggio negli occhi. Poi si rende conto di essere a letto con me e sorride mentre si lascia cadere sul cuscino.

"Pensavo che stavo per rotolare giù dal divano", dice mentre si copre il viso con le mani. Comincia a ridere e il movimento fa muovere i suoi seni e ovviamente ora voglio succhiarle i capezzoli.

Mi chino in avanti e strofino il naso contro la visiera stretta, e la sua risata si trasforma in un gemito. Faccio scorrere la lingua lungo i bordi e poi la stuzzico con i denti. Il mio cazzo è duro ed esigente nei confronti dei miei boxer, ma sono riuscita a ignorarlo per gran parte della notte. Non mi fidavo di dormire nudo con lei, ma ora non sono così sicuro di quanto ancora potrò resistere.

"Hai idea di quanto sei bella?"

Mi sposto sull'altro seno e banchetto con lei lì prima di girarla sulla schiena e spostarmi sopra di lei. Le sue gambe si allargano e io mi sistemo tra loro, dondolandomi contro.

"Forse dovresti toglierteli", dice mentre le sue dita raggiungono la cintura delle mie mutande.

Smetto di respirare quando lei immerge la mano dentro e avvolge le sue dita intorno alla mia lunghezza. Appoggio la fronte contro la sua quando inizia a muovere la mano su e giù.

"Se continui a farlo non potrò fermarmi."

"Non voglio che tu lo faccia."

La guardo negli occhi e posso vedere un bisogno profondo quanto il mio. Mentre mi abbassa le mutande e tira fuori il mio cazzo, non riesco a capire cosa vuole. Si strofina la punta gonfia tra le pieghe bagnate e mi sento come se ogni terminazione nervosa del mio corpo fosse concentrata in quel punto.

"Dopo quello che hai fatto per me ieri sera, quando mi hai difeso." Lei scuote la testa. "Questo significava per me più di quanto tu possa mai immaginare."

Mi avvicino leggermente mentre sprofondo dentro di lei di un centimetro e sento il calore della sua figa avvolgermi. "Mi sono innamorato di te, Martine Nicklas." Sussulta mentre scivolo ulteriormente dentro di lei e le sue pareti strette si stringono. "Non si può tornare indietro dopo questo. Ho finito per te e non ti lascerò andare."

"Di più!" grida, alzando i fianchi per incontrarmi.

Affondo completamente dentro di lei fino alla base del mio cazzo. È incredibilmente stretta fino alla radice e io stringo i denti per cercare di trattenermi. È più calda e più stretta di qualsiasi cosa abbia mai provato prima e non voglio affrettarmi.

"Sono tuo,Dodley", dice mentre mi guarda con occhi pesanti pieni di desiderio.

Maledico. Le sue parole sono la mia rovina e mi tiro fuori lentamente prima di rientrare completamente. Lei grida, ma non riesco a fermarmi mentre provo a baciarla dolcemente mentre la martellavo dentro. Sussurro parole di incoraggiamento e le dico quanto è bella e perfetta. Non riesco a controllare le mie spinte e sono irregolari e pesanti. Il mio unico pensiero è entrare in lei il più profondamente possibile e ricoprire il suo corpo con il mio sperma. Il peso pesante delle mie palle le colpisce il culo e loro chiedono di essere rilasciate.

"Mio, mio, mio", canto, tenendole i polsi al materasso e prendendola come se fosse mia.

Uno strato di sudore ricopre il mio corpo mentre mi muovo sopra di lei. Avvolge le sue gambe intorno a me e la sua figa mi stringe più forte mentre si avvicina al suo climax.

"Non mi ritirerò", dico mentre mi trattengo nel profondo di lei. "Mi prenderò cura di te."

Mi struscio contro la sua figa senza tirarla fuori e il mio cazzo pulsa dentro di lei. Lei pulsa intorno a me e io le strofino il clitoride. È abbastanza per mandarmi oltre il limite. Il primo getto di sperma caldo dentro di lei e lei grida il suo climax. Ci aggrappiamo l'uno all'altro mentre troviamo insieme il traguardo e la bacio dolcemente mentre scende dalla sua vetta.

È sporco e siamo entrambi un disastro. Sento il mio sperma fuoriuscire da lei e giù nel suo culo. Le sorrido mentre mi appoggio allo schienale e la guardo negli occhi. È davvero la donna più bella che abbia mai visto.

"Fai una doccia con me", dico e strofino il mio naso contro il suo, pensando che la vita non potrebbe essere più perfetta. Come ho vissuto senza di lei per tutto questo tempo?

"Ti piace comandarmi." Le sue dita giocano con i peli del mio petto e io sorrido.

"Ti piace." La prendo in braccio e la porto giù dal letto mentre lei strilla dalle risate.

"Forse solo un po'", dice, e io ci accompagno sotto la doccia.

Capitolo 12

Martina

Non puoi rimanere incinta sotto la doccia, giusto? Questo è il pensiero che ho mentre indosso la lingerie che mi è stata stesa sul letto.

Dodley mi ha lasciato qui tutto il giorno mentre una squadra di persone si avvicinava per farmi bella. Ho fatto pulire il mio corpo anche se lui aveva già fatto un lavoro approfondito prima, poi sono stato lucidato e lucidato a un centimetro dalla mia vita. Guardo le mie unghie perfette, di un tenue colore grigio e vedo che si abbinano agli indumenti intimi che dovrei indossare stasera. Sono sicuro che non sia una coincidenza.

Il mio sesso si contrae quando ci pensoDodley tenendomi contro la parete della doccia mentre mi colpiva. È venuto due volte prima di mettermi giù e poi mi ha leccato tra le gambe perché voleva vedere che sapore avevamo insieme. Ad un certo punto mi ha infilato un dito nel culo e ho pensato che stessi per andare in mille pezzi. Non posso credere di essere stata così innocente solo un giorno fa. Non avrei mai pensato che il sesso potesse essere così e, da quello che mi hanno detto gli amici al liceo, dovevano averlo fatto in modo sbagliato. La prima volta non ha nemmeno fatto male, e dopo non è stato altro che estasi.

Bussano piano alla porta della camera da letto e sento una delle assistenti, Luna, chiedere se va tutto bene.

"Solo un secondo," dico mentre mi infilo il reggiseno, le mutandine, le giarrettiere e gli slip abbinati. Sembrano un sacco di coseDodley mi toccherà staccarmi più tardi. Il pensiero mi fa girare la testa dalla lussuria e desidero disperatamente che lui mi riempia di nuovo. Ha riempito un vuoto che non sapevo fosse lì.

Una volta che ho tutto addosso, apro la porta e Luna entra con una borsa per abiti tenuta alta. Questo è il vestitoDodley non mi ha lasciato provare e ora sono entusiasta di vederlo. Lo appende alla porta dell'armadio e apre la cerniera. Lei tira fuori il vestito e sono scioccata da quanto sia bello. È un pizzo da cima a fondo di un color prugna intenso e non vedo l'ora di provarlo.

Mi trovo davanti allo specchio mentre ci entro e Luna mi aiuta con i bottoni. Ha maniche lunghe che sono aderenti fino in fondo e la parte anteriore sprofonda in basso tra il mio seno. La parte posteriore è la stessa e c'è un piccolo fermaglio dietro al collo che tiene insieme il delicato materiale. Il vestito mi abbraccia fino ai piedi, dove cade sul pavimento. Dal modo in cui è realizzato l'abito, il tutto sembra trasparente e il pizzo è posizionato strategicamente nei posti giusti.

"Dodley sta per morire", dico mentre mi giro nello specchio e mi ammiro.

I miei capelli biondi sono sciolti e solo un lato è raccolto all'indietro. La mia pelle è luminosa e non sono mai stata più bella. Voglio piangere.

"Non farlo. Rovinerai il trucco", dice Luna mentre porta un fazzoletto. "Sembri-"

"Mozzafiato," Dodley finisce per lei, e mi giro per vederlo sulla soglia. "Grazie, Luna, penso di potercela fare da qui."

Abbasso lo sguardo e vedo che ha in mano un paio di tacchi e gli sorrido. Saluto brevemente Luna e la ringrazio per il suo aiuto. Dodley chiude la porta dietro di lei.

"Forse dovresti stare da quella parte della stanza", dico quando si avvicina a me. Mi fa un sorriso malvagio e io gli tendo la mano. "Voglio dire che. Questo è il più bello che abbia mai visto e voglio godermelo per altri cinque minuti.

"È tutto?" dice mentre si avvicina e mi bacia sulla pelle nuda del collo. «Penso di poter inventare qualcosa da fare nel frattempo.»

Preme il suo corpo contro il mio e il suo cazzo duro mi fa bagnare all'istante. Ha rotto le chiuse, perché a quanto pare adesso sono sempre eccitato. Prima ero interessato al sesso, ma non c'era mai stata un'opportunità per farlo. Ora che mi sono concessoDodley l'unica cosa che voglio fare è tornare a letto.

«Smettila di guardarmi così. Uno di noi deve avere un po' di autocontrollo".

"Non è così", dico velocemente, e lui ride e scuote la testa.

"Vieni qui e lascia che ti aiuti." Mi prende la mano e mi conduce verso il letto dove mi siedo sul bordo e si inginocchia davanti a me.

Prende un piede e mi infila la scarpa, poi me la allaccia prima di passare a quella successiva. È così dolce e personale e adoro il modo in cui mi sorride quando ha finito. Mi chino e lo bacio dolcemente sulle labbra, facendo attenzione a non sporcarlo di rossetto color prugna scuro.

"Non so se riuscirò a superare stasera." Si alza e mi attira a sé mentre mi guarda allo specchio. Il suo dito percorre la mia schiena nuda e il sedere, che afferra. "Diventerò pazzo con la gente che ti guarda."

"Sono sicuro che ci sarà molta gente lì. Mi mimetizzerò." Almeno spero di farlo. Sono ansioso di incontrare persone del mio passato e di causare problemiDodley.

Mi prende il mento e mi costringe a guardarlo. "Non potresti mai mimetizzarti, ma soprattutto non con questo vestito. Ora smettila di preoccuparti di ciò che verrà. Sei al mio fianco stasera e l'unica cosa di cui devi preoccuparti è se ti fanno male i piedi.

Ha sempre la capacità di leggermi così bene e, anche se potrebbe essere aggravante, è una specie di benedizione. Mi piace il fatto di non potermi nascondere da lui e lui è già pronto a farmi sentire al meglio.

Liscio il risvolto del suo smoking e gli aggiusto il papillon. "Ho già detto che sei diabolicamente bello?" chiedo, e adoro il suo sorriso arrogante.

"Sono qui come dolcetto per le tue braccia stasera", dice e mi tende la mano per prenderla. Scuoto la testa e alzo gli occhi al cielo mentre usciamo dalla stanza.

È così facile essere felice con lui. È giocoso e rilassato e mi sono completamente innamorato di lui. So che è presto, ma ho vissuto la mia vita dall'altra parte della medaglia e non do più nulla per scontato. Sto cogliendo il mio momento e sto conDodley è ciò di cui sono fatti i sogni. Non importa cosa succede stasera o nel nostro futuro, lo scopriremo. Sento la sua forza accanto a me e so che non andrà da nessuna parte.

Il viaggio verso il music hall è veloce, ma è bello stare sul sedile posteriore con lui. In questo modo non devo guidare e pensare a dove stiamo andando. Posso guardareDodley mentre mi racconta emozionato del suo lavoro e di questo progetto che significa tanto per lui.

Quando arriviamo all'evento, ci sono paparazzi allestiti all'esterno con un tappeto rosso. Sono immediatamente nervoso, maDodley mi prende la mano e la percorriamo senza fermarci. Saluta alcune persone e sento le telecamere che si spengono, ma non presta loro alcuna attenzione. Cerco di attingere alla sua forza invece di concentrarmi sulla mia ansia e faccio un respiro profondo una volta dentro.

"Ti offriamo un bicchiere di champagne", dice quando passa un cameriere con un vassoio.Dodley ne prende due e me ne passa uno.

"Eccoti, e vedo che hai portato con te questa straordinaria bellezza", dice Simon, avvicinandosi e prendendomi la mano.

Dodley mi toglie subito la mano dalla sua, e io rido mentre Simon finge di essere offeso. Simon mi presenta suo marito e rido quando Dean diventa altrettanto protettivo con SimonDodley è con me.

Dodley mi porta in giro per la sala da concerto e mi mostra tutto il lavoro che hanno fatto. Ci sono immagini che mostrano i progressi e sono scioccato da come appariva prima.Dodley è così appassionato mentre parla e mi ritrovo a fare tonnellate di domande. Questo è qualcosa di cui non avevo mai sentito parlare e che non sapevo fosse possibile. Ma all'improvviso lo sto esaminandoDodleye sono interessato. Quando gli faccio notare un paio di cose, sembra colpito dal fatto che ci abbia pensato.

«Hai un buon occhio per cose come queste. Forse dovresti dare un'occhiata a uno dei miei prossimi progetti", dice mentre mi attira a sé.

Adesso l'edificio è gremito e alcune persone vengono a parlareDodley. Interpreta il ruolo dell'ospite, ma non coinvolge le persone a lungo. Non appena trova uno spiraglio da cui attingere a una conversazione, lo prende e andiamo avanti. Mi sorprendo quando mi rendo conto che mi sto divertendo, ma potrebbero essere i due bicchieri di champagne a fare effetto.

"Ho bisogno di usare il bagno delle donne," sussurroDodley e cerca di allontanarti dal suo fianco mentre parla con qualcuno. Si ferma a metà frase e viene con me, e devo trattenere la risata. Non vide nemmeno l'espressione sul volto del ragazzo mentre lo lasciava lì in piedi. "Sono sicuro che avrei potuto trovare la mia strada", dico mentre percorriamo i corridoi sul retro del teatro.

"Lo so, ma mi piace stare al tuo fianco. Sono un dolcetto per le braccia, ricordi?"

Mi dà un bacio veloce e giro l'angolo dove si trovano i bagni. Non ci sono cartelli sulla porta e rimango lì per un secondo incerto su quale sia quello delle donne. Decido di provare il primo e apro leggermente la porta. Quando lo faccio mi viene strappato di mano e mi imbatto in un uomo che esce.

"Scusate," balbetto, cercando di non cadere sui talloni.

Le mie braccia sono strette dolorosamente e quando alzo lo sguardo, vedo che sono faccia a faccia con Lance. Il fratello di Cara mi guarda accigliato con un'espressione di disgusto dipinta in faccia. Penso che mi lascerà andare, invece mi attira più vicino a sé. Vorrei urlare, ma il panico mi è salito in gola e non riesco a parlare.

«Cara mi ha detto che hai scopatoDodley Colin. È l'unico tipo di cazzo per cui aprirai le gambe?"

I suoi occhi sono grandi e le sue pupille hanno le dimensioni di un quarto. È sudato e ha la faccia rossa, come se avesse corso, e il suo smoking è un disastro. La porta si apre dietro di lui e vedo uscire un uomo e lo riconosco. Era uno degli amici dei miei genitori e quando eravamo piccoli giocavo con sua figlia. Il suo volto si rende conto, ma invece di fermarsi per vedere se sto bene accelera per allontanarsi. Conosce anche Lance e non vuole essere coinvolto. Voglio urlareDodley, perché è chiaro che nessun altro verrà in mio soccorso. La paura mi ha radicato sul posto e la mia bocca è chiusa forte. Ho bisogno di superare la paura, ma non posso.

"Sei sempre stata una stronza arrogante." Mi squadra dall'alto in basso e non gli piace quello che vede. "Mia sorella è stata buona con te e ora ti comporti come se fossi migliore di noi. Non sei altro che spazzatura.

«Togli quelle cazzo di mani di dosso da lei.»

Quando sentoDodley', il sollievo mi travolge e sono in grado di muovermi. Faccio fatica a liberarmi dalla presa di Lance, ma lui mi stringe ancora più forte. Un gemito mi esce dalla gola eDodley si avvicina finché non è proprio dietro di me. Penso che il motivo per cui non si è arrabbiato è perché mi trovo tra loro due e non può arrivare a Lance senza che io diventi un bersaglio.

"Vuoi davvero litigare per questa stronza?" Sento la rabbia che scorre viaDodley al punto che trema. Lance è molto più stupido di quanto pensassi. "Fanculo questa stupida stronza, non ne vale la pena."

Lance mi spinge dentroDodley e cerca di scappare, ma non lascerò che ciò accada.Dodley mi afferra prima che possa cadere e io scalcio, facendo inciampare Lance e mandandolo a faccia in giù contro la piastrella. Sento un forte schiocco e il sangue gli esce dal naso nel punto in cui si è piantato in faccia.Dodley mi lascia andare, si avvicina a lui e lo afferra per la collottola. Sussulto mentre lo sbatte contro il muro e poi lo tiene sollevato per la gola finché Lance non lo guarda.

"Se mai penserai ancora alla mia donna, ti darò la caccia e ti taglierò via quella parte del cervello." Si avvicina e gli stringe il collo finché Lance non inizia a diventare blu. Sento Lance mormorare alcune parole mentre afferra le mani che gli tengono il collo, maDodley gli dà semplicemente una ginocchiata nelle palle prima di lasciarlo cadere a terra.

Lance emette un gridoDodley sta sopra di lui, sfidandolo ad alzarsi. Mi avvicino dietroDodley e gli metto la mano sulla schiena. Si gira per abbracciarmi.

"Stai bene, tesoro?" lui chiede. Quindi chiede alla sicurezza di venire e portare via Lance.

"Sto bene grazie a te", rispondo, appoggiandomi al suo calore. Guardo i poliziotti portare fuori Lance in lacrime, che borbotta di voler fare causaDodley e ogni persona in questo posto.

"EHI,"Dodley dice e mi costringe a guardarlo. "Sei pronto per andare?"

Non siamo qui da molto, ma già mi sento a disagio per la folla che si sta formando nelle vicinanze. Vedo alcune persone che conosco e mi rendo conto che anche loro mi conoscono. Voglio scappare di qui e nascondermi il più velocemente possibile prima che l'imbarazzo finiscaDodley.

"Sì, andiamo." Abbasso la testa e faccio per andarmene, ma sentoDodley tirami il braccio. Mi guardo indietro e vedo che sta fissando la folla e tutte le persone che sussurrano. "Perché non vado? Non voglio rovinare la tua grande serata. Provo a staccare la mia mano dalla sua, ma la sua presa si fa solo più forte.

Dodley passo verso il numero crescente di persone con me al suo fianco e non mi resta altra scelta che seguirlo.

"Buona sera a tutti. Mi dispiace per quello là dietro, ma Lance Rich e un altro membro della sua famiglia non sono i benvenuti nei miei edifici o in mia presenza.Dodley parla abbastanza forte perché tutti possano sentire e la folla diventa così silenziosa che potresti sentire cadere uno spillo. Mi tira contro il suo fianco e si porta la mia mano alla bocca. Si sfiora le nocche con le labbra e il mio viso brucia quando mi rendo conto che tutti stanno guardando. "Questa è Martine Nicklas", annuncia, e poi i mormorii tra la folla crescono. "Sì, è la figlia di NicholasNicklas", dice loro, rispondendo alla domanda che so che tutti stanno sussurrando, "ma questo non significa che lei sia responsabile dei suoi crimini. È qui con me stasera e sarà al mio fianco da ora in poi. Se c'è un problema, i segnali di uscita indicano la via d'uscita". Il suo tono è diplomatico ma definitivo. Impenitente.

La sua dichiarazione sembra come un fuoco d'artificio che esplode dentro di me e il mio cuore è pronto a scoppiare di amore e felicità. Mi sta reclamando davanti a tutti senza preoccuparsi di quello che pensano.

"Questo è tutto quello che dirò sull'argomento, ma se sento una parola contro la donna che amo, perseguiterò ogni persona che parla contro di lei." Mi guarda di nuovo e sento che le lacrime iniziano a formarsi. "È la donna più forte che abbia mai incontrato e sono fortunato che sia mia."

Con queste parole esce dalla stanza e devo fare un doppio passo per stare al passo con i suoi lunghi passi. Prima che possa pensare a quello che sto facendo, gli strattono il braccio per fermarlo e poi salto tra le sue braccia. Mi prende e continua a uscire dalla sala da musica e verso l'auto che lo aspetta fuori. La neve è ovunque adesso e ha reso tutto così bello e perfetto. Proprio come il mioDodley.

Saliamo sul sedile posteriore e lui mi prende in grembo mentre l'auto si allontana dal marciapiede.

"Ti amo anch'io," dico, e lui sorride, sistemandomi i capelli dietro le orecchie. "Anch'io sono fortunato ad averti."

"Beh, sembra che siamo sulla stessa lunghezza d'onda", dice prima di baciarmi così a fondo che dimentico che siamo nel retro di un'auto con qualcun altro che ci accompagna a casa.

"Ti amo, Martine, e pensavo sul serio in ogni parola. Sei molto più di quanto ti attribuisci credito. Ma sarò qui ogni giorno per ricordarti quanto sei perfetto.

Quando la macchina si ferma quasi corriamo fuori e entriamo nell'ascensore che ci porta all'attico. Siamo entrambi impazienti mentre la grande scatola di metallo ci porta in cima dove finalmente possiamo dare ai nostri corpi ciò che desiderano.

Non appena le porte si aprono, mi porta dentro e mi tira il vestito. Per fortuna riesco a slacciare i bottoni in modo che non sia rovinato, ma finisce in un mucchio ammucchiato sul pavimento proprio vicino alla porta d'ingresso.

Creiamo una scia di vestiti mentre ci avviciniamo al divano con un bacio. Quando siamo vicini, lo spingo sopra e poi mi metto a cavalcioni sulle sue ginocchia. È completamente nudo e ho ancora le giarrettiere mentre mi siedo e prendo in mano la sua erezione. Guido la sua ampia circonferenza tra le mie labbra e gemo quando entra in me. Mi stringe i fianchi così forte che dovrebbe essere doloroso, ma adoro il suo tocco possessivo.

Quando sono completamente seduta su di lui, ci stringiamo per qualche istante, tirando solo un sospiro di sollievo per essere di nuovo uniti. Questo è ciò per cui il mio corpo ha sofferto tutta la notte, e finalmente ha ciò che vuole. Dopo un attimo non ce la faccio più e inizio a dondolarmi sopra. Mi afferra il culo e si sporge in avanti per succhiarmi i capezzoli mentre lavoro su e giù per la sua lunghezza.

Il suo grosso cazzo mi allunga così non c'è posto dentro che non possa toccare. L'attrito contro il mio clitoride e la sensazione della sua bocca sul mio capezzolo sono sufficienti per farmi innervosire in pochi secondi. Voglio aspettare e assaporare il mio climax, ma sono troppo eccitato.

"Ti amo così tanto tesoro. Non trattenerti."

Capisce sempre quando non ottiene tutto da me e non posso negargli ciò che vuole. È così buono con me che se tutto ciò che vuole è il mio piacere ancora e ancora, allora sicuramente non è chiedere troppo.

Faccio oscillare i fianchi ancora qualche volta e poi raggiungo l'orgasmo. Inarco la schiena e grido il suo nome mentre lui si alza, e poi sento il suo seme caldo dentro di me. Mi stringo attorno a lui, alla disperata ricerca di ogni goccia mentre il mio corpo si tende e poi si rilassa. Sono sollevato, ma non basta e il mio corpo ne sta già chiedendo altro.

"Ti porto a letto e non ti alzerai finché non lo dico io", dice, alzandosi con me ancora sul suo cazzo e portandomi in direzione della camera da letto.

La mia figa formicola ad ogni passo e sono completamente d'accordo con le sue richieste. "Tutto quello che vuoi, non fermarti", imploro. Mi mette sul materasso e comincia a spingere dentro e fuori.

"Mai", ringhia mentre si muove più velocemente e con più forza dentro di me. "Sei tutto mio adesso, non posso tornare indietro."

"Mai", concordo, avvolgendolo con il mio corpo e tenendolo stretto.

Potremmo essere entrambi nuovi di zecca in questo, ma ho la sensazione che andremo tutto bene. Il nostro lieto fine ci sta aspettando e tutto ciò che dobbiamo fare è sdraiarci e goderci il viaggio.

Epilogo

Martina

Pochi mesi dopo...

"Cosa ne pensi?" ChiedoDodley mentre si avvicina dietro di me e mi abbraccia. Finalmente ho finito di dare gli ultimi ritocchi all'albero. Sono entusiasta di trascorrere questo Natale in un posto in cui desidero davvero essere. Sono emozionato e allo stesso tempo nervoso perché voglio che tutto sia perfetto.

"È perfetto." Mi bacia la sommità della testa. "Come te", aggiunge, facendomi sorridere ancora più grande di quanto già lo sia. Un brusio felice fluttua intorno a me mentre guardo le luci danzanti sull'albero, assorbendolo davvero.

"Non è..." cerco una parola. "Extra?" Mi mordo il labbro e lo guardo da sopra la spalla. I suoi occhi sono di nuovo sull'albero. Lo vedo lottare contro un sorriso. Sta cercando di risparmiare i miei sentimenti, o forse di risparmiare se stesso, così non ci costringo a ricominciare tutto da capo.

"Lo è, non è vero?" Emetto un lungo sospiro e mi guardo intorno nel resto del soggiorno che una volta era privo di contatti umani. «Sembra che il Natale sia esploso qui» ammetto. Possedere ciò che avevo fatto qui.DodleyIl corpo di trema mentre cerca di trattenere la risata. Dopo un momento non posso fare a meno di unirmi a lui perché è davvero esagerato qui. Sono abbastanza sicuro che alcune cose, come il gigantesco bastoncino di zucchero illuminato che sedevo accanto al camino, fossero pensate per l'esterno.

"È colpa tua!" Cerco di difendere le mie capacità di decorazione. "Chi chiude un negozio e dice a qualcuno di prendere quello che vuole?" Gli ricordo quanto sia ridicolo nell'assecondarmi. Per il Ringraziamento siamo volati a casa dei suoi genitori e ci siamo incontrati e abbiamo trascorso del tempo insieme.

Hanno chiamato non molto tempo dopo che era successo tutto al music-hall. Come ogni cosa in questa città, le notizie su di noi si erano diffuse a macchia d'olio. Continuiamo ancora a fare i giornali qui. Diversamente da quanto temevo, la nostra storia è diventata una dolce storia d'amore. Nessuno di noi è stato trascinato nel fango. L'unico inconveniente è stata che mia madre strisciava fuori dalla falegnameria. Fu un sussulto quando si avvicinò a me fuori dal nostro edificio. Con la stessa rapidità con cui era lì, se n'era andata di nuovo dalla mia vita. Ho la sensazione che lo fosseDodleysta facendo. Non ho chiesto. Ho assaporato una vita troppo dolce. Avevo incontrato genitori veramente gentili e amorevoli. Non sarei tornato a quella vita.

"Volevo metterti a tuo agio. Inoltre, chi vuole combattere la folla delle vacanze? Sbuffo per il suo ragionamento ridicolo e mi metto la mano sulla bocca per attutire il suono. Non mi interessa quante volteDodley cerca di dirmi che è un suono carino quello che provengo da me. Non lo comprerò mai. "Non ti ho sentito lamentarti mentre correvi su e giù per i corridoi prendendo tutto", mi ricorda subito.

Non posso nemmeno discutere questo punto dicendo che sta esagerando. Quando abbiamo lasciato la casa dei suoi genitori, abbiamo tutti programmato che venissero da noi per Natale. Rimarranno fino al nuovo anno. Entrambi vogliono conoscermi meglio. Sua madre stava già accennando ai nipoti nemmeno dieci secondi dopo averla incontrata di persona. Sono rimasto scioccato dalla facilità con cui entrambi mi hanno accolto nelle loro vite senza fare domande. Avresti pensato che fossi lì da anni.

Alla fine avrei trovato il coraggio di chiederloDodleyLa mamma di mia madre la seconda notte che siamo stati a casa loro è il motivo per cui mi ha preso così facilmente. Mi ha guardato e ha detto semplicemente: "Se mio figlio ha scelto te, allora so che sei tu. Quel mio ragazzo ha sempre saputo quello che vuole e lo ottiene. Ho capito cosa stava dicendo. SeDodley mi ha detto una cosa, anch'io l'ho preso per oro. Poi aveva aggiunto: "Non fa male che tu sia la prima ragazza che abbia mai portato a casa o di cui abbia mai parlato, del resto." SeDodley non mi avesse già fatto sentire speciale ogni giorno e non fossi già perdutamente innamorata di lui, questo mi avrebbe sicuramente mandato qui.

Ora stanno venendo qui e volevo che tutto fosse perfetto. Perfetto come il Ringraziamento che hanno condiviso con me. Voglio dimostrare loro che ci tengo.

Quando ho iniziato a parlare di come dovevamo fare qualcosa nel suo appartamento per renderlo festoso,Dodley non aveva perso un colpo nel realizzarlo. Il giorno dopo stavo correndo in un negozio per le vacanze come se fossi in uno spettacolo di shopping sfrenato, e finalmente ho messo la carta di creditoDodley mi ha dato da usare.

"Non li abbiamo mai organizzati. Mia madre assumeva sempre delle persone. Mi piace di più così." Feci un'altra piccola risata. "Anche se sembra extra." Sembra un disastro e mi sta crescendo rapidamente addosso. No, non è perfetto come avrebbe fatto un professionista, ma è nostro.

«Te l'avevo detto, tesoro. È perfetto." Si gira e sfiora le sue labbra contro le mie. Ha ragione. È perfetto. "Grazie per esserti preoccupato così tanto di rendere questo un Natale perfetto per i miei genitori."

"Voglio che vogliano venire qui", ammetto. IncontroDodleyI genitori di Mi hanno mostrato come potrebbero essere davvero i genitori. Mi è piaciuto stare con sua madre. Stravedeva per me e mi faceva sentire come se fossi sua figlia. Aspetto con ansia le sue telefonate ogni pochi giorni. Suo padre era dolce quanto sua madre. Me lo ha ricordato così tantoDodley con come trattava sua moglie.

"Oh, verranno. Penso che l'unica ragione per cui non sono venuti prima è che Natale era così vicino e ho detto loro che non ero ancora pronto a condividerti".

"Non sarai mai pronto a condividermi, quindi potresti anche abituarti," scherzo, liberandomi dalla sua presa per andare a prendere il mio cappotto per il nostro appuntamento notturno. Non riesco a farcela di mezzo metro e lui mi riporta nel suo corpo.

"Non lo farò. Nemmeno dopo che avrò esalato il mio ultimo respiro su questa terra. Ne vorrò ancora di più. La sua bocca cade sulla mia mentre il mio cuore batte forte. Lo fa sempre quando parla di noi come di un amore senza fine. Che saremmo stati sempre insieme. Non mi ha chiesto di sposarlo, ma dice alla gente che sarò sua per sempre. Cerco di non pensare al motivo per cui non me lo ha chiesto. So che mi ama e questo è tutto ciò che conta.

Sospiro quando ci separiamo, non vedo l'ora di tornare a casa e non ce ne siamo nemmeno andati. "Martina",Dodley avverte. Sappiamo entrambi dove stiamo andando a parare. Non è insolito che perdiamo un appuntamento serale perché finiamo a letto.

«Allora lasciami prendere il cappotto» dico insolente.

"Prenderò il tuo cappotto." Mi prende per mano e mi conduce verso la porta. Non ci vuole molto e siamo nel retro di un'auto cittadina. Mi fa ripensare a quando portavo in giro la gente. Non odiavo il lavoro, anche se mi stancavo facendolo. Ero sempre in movimento, cercando di guadagnare ogni centesimo che potevo. Forse mi mancherebbe anche se non fosse stato perDodley. Quell'uomo mi tiene occupato in tutti i modi.

La nostra passione per la città si è fusa insieme. Adoro aiutarlo qua e là. Ho iniziato a cercare un altro lavoro poiché mi odiava andare in giro e far entrare persone a caso nella mia macchina. Era sicuro che qualcuno mi avrebbe preso. Devo ammettere che non ferisce il mio ego il fatto che lui pensi che tutti mi vogliano. È un bel cambiamento rispetto al sentirsi come se nessuno volesse essere visto con me. Lo fa sempre, però. Guarisce parti di me che non sapevo fossero state danneggiate.

Mi ha detto che aveva bisogno di me al suo fianco. Ero felice di essere lì, quindi non ne ho parlato più. Volevo essere al suo fianco, ma volevo assicurarmi che anche lui lo volesse.

Per non parlare del fatto che sono abbastanza sicuro di essere incinta. Non l'ho nemmeno dettoDodley Ancora. Con Natale a pochi giorni di distanza, penso che lo farò allora. So che sarà felice. La sua mancanza di attenzione quando si tratta di protezione lo rende chiaro. Quindi fai tutte le cose sporche che dice quando facciamo l'amore. Ha detto che mi avrebbe messo incinta una dozzina di volte mentre facevamo l'amore. Ogni volta mi mandava oltre il limite dell'orgasmo.

Rimango a bocca aperta mentre ci fermiamo davanti al vecchio cinema. È uno di quelli che ho superato molte volte. "Dodley?" Chiedo. Mi fa un sorriso e mi tira fuori dall'auto.

"Hai detto che pensavi che avesse bisogno di un po' d'amore." Alza le spalle. "Così l'ho comprato. Se ha bisogno di un po' d'amore, glielo daremo".

"L'hai appena comprato? Proprio così?" Mi lacrimano gli occhi. Smette di camminare e mi attira a sé.

"Tesoro, sai cosa mi fanno le tue lacrime."

"Sono lacrime di gioia. Non contano." Dico la stessa cosa che faccio sempre quando mi fa soffocare.

"Venire. C'è dell'altro." Quando entriamo nel teatro, posso dire che qualcuno ha già iniziato a pulire il posto. Sussulto quando entriamo in una delle stanze. Petali di rosa sono sparsi lungo il corridoio. La stanza è piena di luce proveniente dalle candele ovunque.

"Dodley. Questa cosa non ti piacerà davvero", gli dico mentre le lacrime mi scendono lungo le guance. Mi sorride prima di posarmi dei baci sulle guance per fermarli. Quando finalmente penso di avere tutto sotto controllo, me lo fa di nuovo quando cade su un ginocchio.

«Non vedevo l'ora di chiederti una cosa, tesoro. L'attesa mi ha quasi ucciso, ma volevo renderlo perfetto per te."

"Per me." Ripeto le sue parole.

"Sempre." Mi fa scivolare l'anello di diamanti al dito. "Dimmi che mi sposerai", chiede.

Voglio prenderlo in giro, ma non ce l'ho in me. Mi lancio contro di lui. Mi prende facilmente, baciandomi profondamente.

"Ti sposerò", sbotta quando finalmente le nostre bocche si aprono. "Ora portami a casa e fai l'amore con me." Questa volta sono io a formulare la richiesta.

"Sei sicuro? Avevo dei progetti per noi. Faccio per rispondere ma mi fermo quando lo schermo davanti alla sala si illumina. Rimasi senza fiato quando Annie cominciò a suonare.

"Ti sei ricordato."

"Ricordato?" Scoppia una risata. «Non ricordo solo quando si tratta di te, Martine. Volevo che tu vedessi che passerò la mia vita a renderti felice. Stasera è stato un assaggio di ciò che avremo insieme.

"Avremo tutto", concludo per lui. "E forse un altro." Gli ci vuole un attimo perché le mie parole penetrino.

"E poi un altro", aggiunge. Sono scoppiato a ridere.

"Concentriamoci su uno", dico.

"Oppure potremmo esercitarci per qualcosa di più." Mi solleva da terra e alla fine ci perdiamo il film. Scriveremo il nostro lieto fine.

Epilogo

Dodley

Molti anni dopo....

Fisso mia moglie mentre canticchia tra sé a bassa voce, guardando fuori dalla grande finestra verso il nostro cortile. La sua soffice veste rossa cade da una spalla mentre mescola il caffè prima di berne un piccolo sorso e posarlo.

Già il mio cazzo sussulta, vuole che mi avvicini a lei. Né lui né io eravamo felici quando ci svegliammo nel letto vuoto. Guardo l'orologio, chiedendomi quanto tempo abbiamo prima che i bambini scendano di corsa le scale. Probabilmente non molto visto che è la mattina di Natale. Comunque, correrò il rischio. So che non avrò molto tempo da solo con mia moglie oggi. La casa si riempirà di famiglia e amici, cosa che normalmente mi piace, ma in questo momento la mia mente ha un solo focus ed è mia moglie, che in qualche modo è riuscita a scivolare giù dal letto con me.

Non lo faceva dalla prima notte in cui l'ho trovata. Sorrido al ricordo. Non sembrano passati dieci anni, ma è così. Ognuno di loro più di quanto avrei mai potuto chiedere. Ancora oggi mi fa incazzare il modo in cui tanti anni fa le persone cercavano di evitarla. Non penso che sia qualcosa che svanirà mai e poi mai per me, anche se non è più un segnale sul suo radar.

Anche quella sua madre che se ne andava senza voltarsi indietro finché non sentiva l'odore dei soldi. Dopo che è apparso sui giornali che io e Martine stavamo insieme e che non avrei mai firmato un accordo prematrimoniale, non ci è voluto molto perché lei si presentasse. Uno sguardo al viso di mia moglie e sapevo cosa bisognava fare. Non mi importava di essere uno stronzo, ma quando si trattava di lei o della mia famiglia, non avevo problemi a esserlo.

Mi sbircia da sopra la spalla, rivolgendomi un sorriso scherzoso. "Non mi hai mai lasciato andare lontano, vero?" Quando si gira, la veste le scivola giù dalla spalla. Si morde il labbro nella piena consapevolezza di quello che mi sta facendo. Trattengo il respiro quando la sua vestaglia si apre, scoprendo la stessa succinta vestaglia rossa che indossava la sera prima quando avevamo finito di interpretare Babbo Natale. Pensavo di aver rovinato la cosa. Avrei giurato di aver sentito il tessuto strapparsi, ma non era lì che avevo la mente in quel momento. L'avevo gettato dietro di noi mentre la spingevo sul letto.

"È diverso. Mi piace, quindi non strapparlo", avverte. Riderei del fatto che sapesse in anticipo che avrebbe avuto bisogno di vestaglie extra. Ma sono troppo eccitato per ridere. "In realtà si adatta al mio pancione." Indica il piccolo bernoccolo che si è fatto molto noto nelle ultime settimane. Le sue tette rimbalzano con l'azione. Mi viene l'acquolina in bocca mentre penso alla dolcezza aggiuntiva che presto avranno i suoi capezzoli.

Mi muovo, annullando la distanza tra noi. Lei ridacchia ancora di più mentre la sollevo delicatamente e la metto sul bancone della cucina. Prendo la sua bocca in un bacio profondo, interrompendo la sua risata e assaporando la dolcezza del suo caffè. Geme nella mia bocca e allarga di più le gambe per me. So cosa vuole. Le afferro le cosce, le apro per me e mi metto comoda e comoda, perché non mi muovo finché non avrò assaggiato ancora di lei.

Non mi interessa che i miei genitori siano di sopra, insieme a nostro figlio e nostra figlia. Nessun uomo potrebbe allontanarsi da lei se sapesse che è a loro disposizione.

Mi inginocchio e mi metto le gambe sulle spalle. Ringhio quando vedo che non ha le mutandine. Non perdo tempo a succhiare e mangiare mia moglie finché non mi implora di smetterla.

"Dodley." Mi dà un piccolo strattone ai capelli. Sorrido contro la sua figa prima di darle un ultimo bacio lì, poi uno su ciascuna delle sue cosce mentre mi alzo.

Emette un dolce mormorio mentre appoggia la testa contro il mio petto.

"Stava nevicando. Volevo vedere", dice con un sospiro sognante.

“I bambini saranno entusiasti. Non riesco a ricordare il nostro ultimo bianco Natale. Lei annuisce in segno di approvazione, e so che ha ancora sonno. La tiro giù dal bancone e torno nella nostra camera da letto.

Trovammo una casa fuori città non molto tempo dopo esserci sposati. Potremmo avere il meglio di entrambi i mondi in questo modo. I miei genitori hanno comprato una casa non lontano da noi per poter trascorrere più tempo con noi. A loro piaceva troppo essere nonni per stare lontani a lungo.

Non solo, ma hanno accolto mia moglie come se fosse la loro. Ai loro occhi lei è la loro figlia. So quanto è piaciuto alla mia dolce metà.

La stendo sul letto, voglio che si riposi. I suoi piedi si sono gonfiati nelle ultime due gravidanze e sto facendo il mio lavoro per assicurarmi che non lo facciano questa volta. Non mi interessa cosa ha detto il dottore, come è normale e come accadrà. Lo odiava. Il che significava che lo odiavo e che l'avrei risolto.

"Sonno. Inizierò con la colazione." Sfioro la mia bocca contro la sua. Provo a tirarmi indietro, ma lei non mi lascia andare. ridacchio. Potrei allontanarmi, ma non riesco mai a separarmi da lei. Non dal momento in cui l'ho trovata. Giuro che è persino doloroso stare lontano da lei troppo a lungo.

"Non avevamo finito", sbuffa, cercando di trascinarmi sul letto. Dovrei dirle di no. Un uomo migliore lascerebbe dormire la moglie incinta, ma come sempre le do quello che vuole. Quello che vogliamo entrambi. Come ho intenzione di fare per sempre.

FINE!

Don't miss out!

Visit the website below and you can sign up to receive emails whenever Ashley Colem publishes a new book. There's no charge and no obligation.

https://books2read.com/r/B-A-TMQAB-PPCSC

BOOKS 2 READ

Connecting independent readers to independent writers.

Did you love *La Donna dei Suoi Sogni*? Then you should read *Lo Stronzo #1*[1] by Ashley Colem!

Amo le donne. Adoro scopare. Non rispondo alle chiamate. Diavolo, non prendo numeri! Non scopo una ragazza due volte, perché dopo una volta non ho più alcun interesse.

Non cerco scuse per chi sono o cosa faccio. Sono uno stronzo.

In effetti, lo sonoil re stronzo, ed è piuttosto appropriato perché lo sono Steve Binsin, e non amo. Poi è arrivata lei, e ora sono veramente fregato!

---

1. https://books2read.com/u/b6lYjA

2. https://books2read.com/u/b6lYjA

Also by Ashley Colem

Bien Trop Brutal

Obsede Par Elle

Limite dépassée

Amour Improbable

Kataliya, la Parfaite Élue

Le Choix Ultime d'un Seul Amour

Réveille-toi, Barbara

Sexe à Répétition

Taïna est en feu

Captive d'une Nuit Enneigée: Jusqu'à ce qu'elle apparaisse et que son âme se sente captivée

Ces Attouchements Tabous: Cette nuit-là, il a changé ma vie pour toujours

Épuisement: Sienna est peut-être jeune, mais son corps sait ce dont il a besoin

Il va l'avoir: William veut Jesse plus que tout au monde

La Femme de ses Rêves: Il est obsédé par la jeune beauté qui lui a volé son cœur

Le No 1 des Connards: Il ne cherche pas d'excuses pour ce qu'il est ou ce qu'il fait

L'étrange Mariage du Milliardaire

Maintenant... Elle est à moi pour Toujours: Je mets un bébé dans son ventre et une bague en diamant à son doigt

Piégé par elle

Tenir si Fort: Il ne savait pas qu'une obsession pouvait s'emparer de lui aussi fort
Un Alpha de Mauvais Caractère: Aucune femme n'a jamais été capable de le gérer
Un Échange Très Étrange: Le destin de Cian et de Serenity, croisés dans un lycée américain
Limite Superato
Amore Improbabile
Kataliya, la Perfetta
La Scelta Definitiva di un Singolo Amore
Sesso ripetuto
Taina è in Fiamme
Esaurimento
La Donna dei Suoi Sogni
Lo Stronzo #1
Stringere Così Forte